ET L'HOMME CRÉA UN DIEU

ŒUVRES DE FRANK HERBERT

DANS PRESSES POCKET :

PRÉLUDE À DUNE :

ET L'HOMME CRÉA UN DIEU

CYCLE DE DUNE :

1. DUNE, tome 1
2. DUNE, tome 2
3. LE MESSIE DE DUNE
4. L'EMPEREUR-DIEU DE DUNE

LE BUREAU DES SABOTAGES :

1. L'ÉTOILE ET LE FOUET
2. DOSADI

LE PROGRAMME CONSCIENCE :

1. DESTINATION VIDE
2. L'INCIDENT JÉSUS

LE PRENEUR D'ÂMES
LES PRÊTRES DU PSI
CHAMP MENTAL
LA BARRIÈRE SANTAROGA

LE LIVRE D'OR DE FRANK HERBERT
Anthologie réunie et présentée par Gérard Klein

SCIENCE-FICTION
Collection dirigée par Jacques Goimard

FRANK HERBERT

PRÉLUDE À DUNE

ET L'HOMME CRÉA UN DIEU

Traduit de l'américain par
Michel et Jacqueline Lederer

PRESSES POCKET

ISBN : 2-266-02279-2

Il faut comprendre que la paix est une affaire interne. Elle doit être une autodiscipline, tant pour l'individu que pour la civilisation tout entière. Elle doit venir de l'intérieur. Si l'on instaure un pouvoir extérieur pour imposer la paix, ce pouvoir ne pourra que devenir de plus en plus contraignant. Il n'y a pas d'alternative. Il en résultera inéluctablement une explosion, un cataclysme et le chaos. Ainsi va notre univers. Lorsque l'on crée deux forces contraires, l'une doit écraser nécessairement l'autre, à moins que ces deux forces ne soient maintenues dans un délicat équilibre.

Les Ecrits de DIANA BULLONE.

Pour devenir un dieu, toute créature vivante doit transcender le physique. Les trois étapes de cette voie transcendantale sont connues. Dans un premier temps, la créature devra prendre conscience de l'agression secrète. Ensuite, elle devra pénétrer les desseins existant dans la forme animale. Enfin, elle devra faire l'expérience de la mort.

Lorsque cela sera accompli, le dieu naissant devra découvrir sa propre résurrection au cours d'une épreuve unique où lui sera dévoilé celui qui l'a appelé.

La Fabrication d'un dieu.
(Le Livre d'Amel.)

—

Aussi loin que remontaient ses souvenirs, Lewis Orne avait toujours été hanté par un rêve singulier et répétitif. Et jamais il n'avait pu s'endormir sans se demander si la réalité si tangible de ce rêve n'allait pas submerger son esprit.

Le rêve commençait toujours en musique avec un incroyable chœur de pacotille ; une farce céleste aux accents sirupeux. Sur le plan visuel, des silhouettes vaporeuses issues de la musique augmentaient l'effet initial. Et, pour couronner le tout, une voix dominait ce tableau ridicule et proférait des déclarations troublantes :

— Les dieux sont fabriqués, pas engendrés !

ou bien :

— Prétendre être neutre est une autre façon de dire que l'on accepte la nécessité de la guerre.

A le regarder, il ne serait venu à l'idée de personne que Lewis Orne pouvait être tourmenté par un tel rêve. C'était un être humain trapu dont la formidable musculature révélait la forte pesanteur de sa planète d'origine : Chargon de Gemma. Son visage, avec ses mâchoires proéminentes, rappelait celui d'un bouledogue et son regard fixe mettait souvent les gens mal à l'aise.

En dépit de ce songe singulier, ou peut-être à cause de lui, Orne rendait régulièrement hommage à Amel, « la planète où réside toute divinité ». Influencé par les propos tenus dans son rêve, propos qui continuaient à le hanter durant ses périodes d'éveil, il s'enrôla, au matin de son dix-neuvième anniversaire, dans le service de Redécouverte et Rééducation, pour contribuer à la réunification de l'empire galactique démantelé par la guerre des Marches.

Après sa période de formation dans la célèbre Ecole de Paix de Marak, le R.R. le déposa, par un matin nuageux, sur la planète Hamal, récemment redécouverte. C'était une planète de type Terra, à huit décimales près, dont le capital génétique des occupants était suffisamment proche de celui de l'homo-S pour permettre des croisements avec les natifs des Mondes du Centre.

Dix semaines d'Hamal plus tard, Orne appuyait sur le bouton *Panique* de la petite boîte verte dissimulée dans la poche droite de sa veste. Cela se passait lors d'une inspection dans un petit village poussiéreux des Hautes Terres, au nord de la planète. Et, à ce moment-là, Orne prit brutalement conscience d'être l'envoyé très solitaire d'un service qui perdait beaucoup d'agents pour « motifs inconnus ».

Sa panique, et par suite son geste, avait été provoquée par la vue d'une trentaine d'Hamalites en train de contempler, avec un air lugubre, l'un de leurs compagnons qui venait de tomber les quatre fers en l'air sur un tas de fruits trop mûrs. Chute imprévisible et sans conséquence.

Mais personne n'avait ri... Pas le moindre signe d'émotion sur leurs visages de marbre.

Ajouté aux autres faits qu'Orne avait déjà répertoriés, l'incident de la culbute-dans-le-tas-de-fruits scellait le funeste destin d'Hamal.

Orne soupira. Les dés étaient jetés. Il avait envoyé un signal dans l'espace et déclenché une série d'événements qui pouvaient entraîner la destruction d'Hamal, de lui-même, ou des deux.

Comme il devait le découvrir plus tard, il s'était également débarrassé de son rêve répétitif, le remplaçant par une succession d'actions éveillées qui l'amèneraient, en son temps, à soupçonner qu'il avait empiété sur son mystérieux monde nocturne.

Une religion exige nombre de connexités dichotomiques. Des croyants et des incroyants. Ceux qui connaissent les mystères et ceux qui seulement les craignent. L'initié et le profane. Elle exige à la fois un dieu et un diable. L'absolu et la relativité. Ce qui est informe (quoique en cours de formation) et ce qui est formé.

Le Génie religieux.
(Ecrits secrets d'*Amel.*)

— Nous allons fabriquer un dieu, dit le Prieur Halmyrach.

C'était un homme de petite taille, à la peau sombre, vêtu d'une robe orange pâle qui retombait en plis amples sur ses chevilles. Son visage, étroit et lisse, était dominé par un long nez surplombant une bouche, large, aux lèvres minces ; son crâne était chauve, d'un brun lustré.

— Nous ne savons pas de quelle créature ou de

quelle chose naîtra le dieu, dit le Prieur. Ce pourrait être de l'un de vous.

Il engloba d'un geste la pièce occupée par des clercs assis à même le sol dénudé. C'était une pièce austère, éclairée par les rayons rasants du soleil matinal d'Amel, une forteresse Psi étayée par des instruments et des incantations. Elle mesurait vingt mètres de côté, avec une hauteur de plafond de trois mètres. Onze fenêtres, cinq d'un côté, six de l'autre, donnaient sur les terrasses boisées du complexe urbain central d'Amel. Le mur derrière le Prieur, de même que celui auquel il faisait face, avait l'apparence de pierres blanches jointes par un lacis de minces filets bruns semblables à des traces d'insectes, l'une des configurations d'une machine Psi. Les murs renvoyaient une lumière pâle, d'un blanc laiteux.

Le Prieur sentit le courant de force qui passait entre ces deux murs et il éprouva, par anticipation, un bref sentiment de culpabilité/crainte, qui, il le savait, était partagé par la classe des clercs. Officiellement, cette classe était appelée Génie Religieux, mais les jeunes clercs persistaient dans leur impiété : pour eux c'était la classe Fabrication de Dieux.
Et ils étaient suffisamment avancés pour en connaître les périls.

— Ce que je dis et fais ici a été établi et mesuré avec précision, affirma le Prieur. L'action du hasard est dangereuse en ces lieux. C'est la raison pour laquelle cette pièce est volontairement si simple. La plus petite intrusion imprévue pourrait apporter d'incommensurables différences à ce que nous faisons. J'affirme donc qu'aucune honte ne retombera sur celui ou ceux d'entre vous qui souhaiteraient maintenant quitter cette salle et ne pas participer à la fabrication d'un dieu.

Les clercs assis sur le sol remuèrent un peu sous leurs robes blanches, mais aucun n'accepta la proposition du Prieur.

Ce dernier ressentit un léger sentiment de satisfaction. Jusqu'à présent, les choses se déroulaient selon ses prévisions. Il dit :

— Comme nous le savons, le danger qui réside dans la fabrication d'un dieu est celui de réussir. Dans la science de Psi, un succès, à cause de la magnitude que nous projetons dans cette pièce, comporte un profond péril réflexif. Oui, nous fabriquons un dieu. Et, l'ayant fabriqué, nous obtenons quelque chose qui, paradoxalement, n'est plus notre création. Nous pourrions très bien devenir la création de ce que nous avons créé.

Le Prieur hocha la tête, méditant sur les créations divines de l'histoire de l'humanité : sauvages, avisées, primitives, sophistiquées... mais toutes imprévisibles. Peu importe comment ils sont fabriqués, les dieux vont leur propre chemin. Les fantaisies d'un dieu ne doivent pas être prises à la légère.

— Le dieu renaît chaque fois du chaos, poursuivit le Prieur. Cela, nous ne le contrôlons pas. Nous savons seulement comment fabriquer *un* dieu.

Il ressentit dans sa bouche le goût âcre, électrique, de la peur et reconnut, autour de lui, la montée indispensable de la tension. Le dieu doit en partie venir de la crainte, mais pas de la crainte seule.

— Nous devons redouter notre création, dit-il. Nous devons être prêts à adorer, à obéir, à prier et à supplier.

Les clercs savaient leur leçon. « Adorer et obéir », murmurèrent-ils. Il se dégageait d'eux un courant de terreur superstitieuse.

« Eh oui ! pensa le Prieur, possibilités infinies et péril infini, nous en sommes maintenant à ce point. La trame de notre univers se tisse en de pareils instants. »

Il dit à voix haute :

— D'abord, nous invoquons la forme intermédiaire, le messager du dieu que nous allons créer.

Il leva les bras, brisant le courant de force entre les deux murs, provoquant des remous qui dérivèrent dans la pièce. Lorsqu'il bougea, il ressentit une simultanéité, une déchirure temporelle dans son univers, avec en lui l'image/conscience de trois choses se produisant en même temps. Une vision de son propre frère, Ag Emolirdo, envahit son esprit, un humain au long nez, aux allures d'oiseau, sanglotant sans raison sous la pâle lumière de la lointaine Marak. Cette vision se greffait sur l'image d'une main, d'un doigt pressant le bouton d'une petite boîte verte. Et, au même instant, il se vit lui-même, debout, les bras tendus tandis qu'un Shriggar, le lézard de mort de Chargon, se détachait du mur Psi derrière lui.

Les clercs sursautèrent.

Avec l'extrême lenteur née de la terreur, le Prieur baissa les bras, se retourna. Oui, c'était bien un Shriggar, une créature si grande qu'il lui fallait se recroqueviller dans cette pièce. De longues serres griffues pendaient sur ses membres courts. La tête étroite, au bec crochu ouvert sur une langue fourchue se tordit à gauche, puis à droite. Les yeux pédonculés se trémoussaient et son souffle emplissait la pièce d'odeurs putrides.

Soudain, la bouche du Shriggar se ferma avec un bruit sec : *clac !*

Lorsque à nouveau elle s'ouvrit, une voix s'éleva : profonde, désincarnée, articulée sans aucune synchronisation de la bouche et des lèvres. Elle annonça :

— Le dieu que vous fabriquez peut mourir au cours de sa création. Ces choses viennent en leur temps et suivent leur propre chemin. Je reste vigilant. Je reste prêt. Il y aura un jeu de guerre, une cité de verre où des créatures à haut potentiel fabriquent leurs vies. Il y aura un temps pour la politique et un temps pour les prêtres de craindre les conséquences de leur témérité. Il faut que tout cela soit, pour atteindre un but inconnu.

Lentement, le Shriggar commença à se dissoudre,

d'abord la tête, puis le grand corps aux écailles jaunes. Une flaque d'un liquide brun, tiède, se forma à l'emplacement où il s'était tenu, puis s'écoula dans la pièce autour des pieds du Prieur, autour des clercs assis sur le sol.

Aucun d'eux n'osa bouger. Ils se seraient bien gardés d'introduire en ce lieu une force quelconque jaillie d'eux-mêmes avant que ne se soit apaisé le tumulte des courants Psi.

Quiconque a déjà senti sa peau parcourue de la conscience frissonnante d'une présence invisible connaît la sensation primaire de Psi.

HALMYRACH,
Prieur d'Amel.
(*Psi et Religion*, préface.)

Lewis Orne serra si fort ses mains derrière le dos que les jointures en blanchirent. Il contemplait sombrement le panorama d'un matin d'Hamal par sa fenêtre du premier étage. Le grand soleil jaune brillait dans un ciel sans nuages, au-dessus d'une lointaine chaîne de montagnes. La journée s'annonçait torride.

Derrière lui s'élevait le bruit grinçant d'un stylet parcourant le papier-émetteur, pendant que l'agent du service Investigation-Normalisation commentait l'entrevue qu'ils venaient d'avoir. Le papier transmettait le texte au vaisseau en orbite.

« Bon, j'ai peut-être eu tort d'appuyer sur le bouton de panique, pensait Orne. Mais ça ne donne pas le droit à ce gros malin de se foutre de ma gueule ! Après tout, c'est mon premier boulot. Et ils ne peuvent pas exiger la perfection pour un coup d'essai. »

Le crissement du stylet commençait à lui porter sur les nerfs.

Le front carré d'Orne se plissa. Il posa sa main gauche sur l'encadrement en bois brut de la fenêtre, et sa main droite parcourut la brosse rêche de ses cheveux roux taillés à ras. La coupe ample de sa combinaison blanche, uniforme standard des agents du R.R., accentuait son apparence trapue. Son visage aux mâchoires saillantes s'était empourpré. Il se sentait hésiter entre la colère et le besoin de donner libre cours à une nature turbulente qu'il avait pour habitude de refréner.

Il songea :

« si je me trompe au sujet de cette planète, ils vont me foutre à la porte. Il y a un trop lourd contentieux entre le R.R. et le service Investigation-Normalisation. Ce rigolo de l'I.N. serait ravi de nous faire passer pour des idiots. Mais, nom de Dieu, il va y avoir du sport si j'ai raison au sujet d'Hamal ! »

Orne secoua la tête. « J'ai probablement tort. »

Plus il y réfléchissait, plus il pensait qu'il avait été stupide d'appeler l'I.N. Hamal n'était sûrement pas agressive de nature. Il ne semblait y avoir ici aucun danger que le R.R. fournisse les bases technologiques à un chef de guerre potentiel.

« Et pourtant... »

Orne soupira. Un sentiment de malaise, vague, indéfinissable, l'envahit. Cette sensation lui rappela celle de la conscience en dérive, juste avant l'éveil, les moments de lucidité lorsque l'action, la pensée et l'émotion se combinent.

Quelqu'un descendit lourdement les escaliers à l'autre bout du bâtiment. Le plancher trembla sous les pieds d'Orne. C'était une vieille bâtisse, destinée aux hôtes du gouvernement, construite en bois brut.

La pièce dégageait l'odeur âcre de nombreux occupants précédents et d'hypothétiques nettoyages.

De sa fenêtre du premier étage, Orne distinguait un bout du sol pavé de la place du marché de ce village : Pitsiben. Au-delà de la place, il apercevait le large tracé de la route de crête qui montait des plaines de Rogga. Le long de cette voie s'étirait une double file de silhouettes en mouvement : des fermiers et des chasseurs se rendant à Pitsiben pour le marché. De la poussière d'ambre s'élevait au-dessus de la route ; elle adoucissait la scène, lui conférant une allure d'un flou romantique.

Les fermiers, penchés entre les brancards, poussaient leurs basses charrettes à deux roues, progressant lourdement avec des mouvements de balancier. Ils portaient de longs manteaux verts, des bérets jaunes uniformément inclinés sur l'oreille gauche, des pantalons jaunes aux bas noircis par la poussière du chemin et des sandales qui révélaient des pieds calleux, larges et plats, comme ceux d'animaux de trait. Leurs charrettes étaient chargées de hautes piles de légumes verts et jaunes, qui paraissaient être disposés pour satisfaire à un schéma général de teintes pastels.

Les chasseurs, vêtus de brun, marchaient à côté des fermiers, mais sur leur flanc, comme des gardes. Ils avançaient à grandes enjambées, tête haute, chapeaux à plumes tressautant au rythme de leurs pas. Chacun d'eux portait un fusil de chasse à canon évasé, jeté avec désinvolture sur un bras, et une longue-vue dans un étui de cuir, glissée sur l'épaule gauche. Derrière les chasseurs trottinaient leurs apprentis, tirant des charrettes de chasse à trois roues, débordantes de petits cerfs des marais, de canards mouchetés et de *porjos*, ces rongeurs à queue de serpent dont les Hamalites étaient si friands.

Au loin, au fond de la vallée, Orne distinguait la flèche rouge sombre du vaisseau de L'I.N. qui, dans un embrasement, s'était posé à l'aurore de ce jour, appelé par son transmetteur. Le vaisseau, lui aussi, semblait entouré d'un halo de rêve, ses contours enfouis sous un nuage de fumée bleue, provenant des cheminées des fermes qui parsemaient la vallée. La masse rouge du navire se dressait au-dessus des maisons, déplacée, tel un ornement de fête abandonné là par des géants.

Pendant qu'Orne contemplait cette scène, un chasseur s'arrêta au bord de la route, sortit sa longue-vue et étudia le vaisseau de l'I.N. L'homme semblait vaguement curieux, sans plus. Son attitude ne répondait pas à ce que l'on pouvait attendre ; elle ne collait pas avec tout le reste.

La fumée et le brûlant soleil jaune conspiraient à conférer au paysage une apparence estivale, une touche luxuriante qui s'élevait sous la chaleur pastel. C'était au premier abord une scène paisible, mais elle provoquait chez Orne un profond sentiment d'amertume.

« Et puis je me fous de ce que l'I.N. peut raconter ! J'ai eu raison de les appeler. Ces Hamalites cachent quelque chose. Ils ne sont pas pacifiques. La première erreur a été commise ici par ce crétin de Premier-Contact, qui a ouvert sa grande gueule, insistant sur l'importance que nous attachions à une histoire pacifique !

Orne s'aperçut que le crissement du stylet avait cessé. L'homme de l'I.N. toussota.

Orne se retourna, regarda l'agent de l'I.N. installé à l'autre bout de la pièce basse. L'homme était assis devant une table sans grâce à côté du lit défait d'Orne. Des papiers et des dossiers étaient éparpillés sur la table. Un petit enregistreur était posé sur une pile de documents. L'envoyé de l'I.N. était affalé dans une lourde chaise de bois. Il était grand et mince, avec une tête volumineuse, aux traits grossiers, et une peau tannée. Sa chevelure noire était en désordre. Il avait les paupières tombantes, ce qui conférait à son visage cette expression hautaine, arrogante, qui semblait être l'image de marque de l'I.N. L'homme portait un treillis à dominante bleue, sans insignes. Il s'était présenté sous le nom d'Umbo Stetson, envoyé de l'I.N., commandant ce secteur.

« Le commandant de secteur, pensa Orne. Pourquoi ont-ils envoyé le commandant ? »

Stetson remarqua l'attention qu'Orne lui portait, et il dit :

— Je crois que nous avons maintenant presque tout. Vérifions encore une fois, à tout hasard. Vous êtes arrivé ici il y a dix semaines, exact ?

— Oui. J'ai été déposé par une navette du transporteur du R.R., l'Arneb Redécouverte.

— C'était votre première mission ?

— Je vous l'ai déjà dit. Je suis sorti d'Uni-Galacta, classe 07, et j'ai fait mon apprentissage sur Timurlain.

Stetson fronça les sourcils.

— Et ils vous ont envoyé directement ici, sur cette planète arriérée récemment redécouverte ?

— C'est exact.

— Je vois. Et vous étiez plein des blablas habituels, l'esprit missionnaire, la grandeur de l'humanité, et autres trucs du même genre.

Orne rougit et se renfrogna.

Stetson hocha la tête.

— Je vois qu'on continue à vous enseigner ces conneries de « renaissance culturelle » à cette bonne vieille Uni-Galacta.

Il posa une main sur sa poitrine et haussa le ton, se lançant dans une caricature élaborée :

— Nous devons rattacher les planètes perdues aux centres culturels et industriels, reprendre la gloooooorieuse marche en avant de l'humanité, qui fut si brutalement interrompue par les guerres des Marches !

Il cracha sur le sol.

— Je crois que nous pouvons passer là-dessus, murmura Orne.

— Vous avez tellement raison, dit Stetson. Alors, qu'aviez-vous amené avec vous pour ce gentil petit séjour ?

— J'avais un lexique établi par Premier-Contact, mais il était incomplet pour...

— Qui était ce Premier-Contact ?

— Le lexique portait le nom d'André Bullone.

— Ah !... aucun rapport avec le Haut-Commissaire Bullone ?

— Je ne sais pas.

Stetson griffonna quelque chose sur ses papiers.

— Et ce rapport de Premier-Contact indiquait qu'il s'agissait d'un endroit très particulier, d'une planète paisible avec une économie primitive de chasse/agriculture. C'est bien ça ?

— Oui.

— Hu-Humm. Et qu'avez-vous apporté d'autre dans ce paradis ?

— Les trucs habituels pour mon travail et mes rapports..., plus un transmetteur, bien sûr.

— Et vous avez appuyé sur le bouton de panique de ce transmetteur il y a deux jours, hein ? Sommes-nous arrivés ici assez vite à votre gré ?

Orne fixait le plancher des yeux.

Stetson ajouta :

— Je suppose que vous avez l'habituelle mémoire eidétique encombrée d'informations culturo-médico-technico-industrielles.

— Je suis un agent du R.R. hautement qualifié !

— Nous allons alors respecter une minute de silence, dit Stetson. (Puis il frappa du poing sur la table.) C'est une immense connerie ! Une escroquerie de politiciens !

Orne répliqua avec colère :

— Quoi ?

— Cette invention du R.R., fiston. C'est de la démagogie, ça permet à quelques politiciens de vivre en mettant tout le reste d'entre nous en danger. Ecoutez-moi bien : un jour, nous redécouvrirons une planète de trop ; nous donnerons à son peuple les bases industrielles qu'il ne mérite pas ; et nous verrons alors une nouvelle guerre de Marches qui mettra un point final à toutes les guerres des Marches !

Orne s'avança d'un pas avec une expression furieuse.

— Et pourquoi croyez-vous que j'ai appuyé sur le bouton de panique ? »

Stetson se radossa, cette explosion lui ayant fait retrouver son calme.

— Mon cher ami, c'est ce que nous allons nous efforcer de déterminer. (Il tapota ses dents avec le stylet.) Alors, pourquoi nous avez-vous appelés ?

— Je vous l'ai déjà dit ! C'est...

Il fit un geste en direction de la fenêtre.

— Vous vous sentiez un peu seul, et vous souhaitiez que l'I.N. vienne vous tenir la main, c'est ça ?

—Oh ! allez vous faire foutre ! rugit Orne.

— Chaque chose en son temps, mon garçon. Chaque chose en son temps. (Les paupières tombantes de Stetson tombèrent encore un peu plus.) Alors... qu'est-ce que ces crétins du R.R. vous apprennent à rechercher de nos jours ?

Orne ravala une autre réplique cinglante.

— Des signes de guerre, se contenta-t-il de répondre.

— Quoi d'autre ? Soyons précis.

— Nous cherchons des fortifications, des jeux guerriers parmi les enfants, des gens qui feraient des manœuvres ou qui se livreraient à toute autre activité de groupe à tendance militaire...

— Le port d'uniformes, par exemple ?

— Certainement ! Et des cicatrices de guerre, des plaies sur les gens ou les constructions, le niveau de la connaissance des traitements des blessures au sein de la profession médicale, des indications de destructions massives..., vous voyez, ce genre de choses.

— La preuve flagrante, quoi. (Stetson secoua la tête.) Et vous trouvez que c'est suffisant ?

— Non, bordel ! Bien sûr que non.

— Vous avez *tellement* raison, approuva Stetson. Hmmmmmm, voyons, essayons de creuser un peu plus profondément. Je ne comprends pas très bien ce qui vous gêne chez les honnêtes citoyens de cette planète.

Orne soupira, haussa les épaules.

— Ils n'ont aucun esprit, ne se vantent jamais. Aucun humour. Ils vivent dans un éternel sérieux, qui frise le tragique.

— Ah ?

— Oui. Je... Je... Euh... (Orne se passa la langue sur les lèvres.) Je... euh... j'ai dit aux Chefs du Conseil que notre peuple était intéressé par une source d'approvisionnement régulière en dents de *froolap* nécessaires à la fabrication de fourchettes pour gauchers.

Stetson bondit :

— Vous quoi ?

— Eh bien, ils étaient toujours si sérieux. J'en avais par-dessus la tête, et... alors, je... euh... »

— Que s'est-il passé ?

— Ils m'ont demandé une description détaillée du *froolap* et de la méthode pour préparer les dents avant de les expédier.

— Que leur avez-vous dit ?

— Eh bien, je... D'après ma description, ils décrétèrent qu'Hamal ne possédait pas de *froolaps*.

— Je vois, fit Stetson. C'est ce qui ne va pas avec cette planète, il n'y a pas de *froolaps !*

« Voilà, c'est fait maintenant, pensa Orne. Pourquoi suis-je incapable de fermer ma grande gueule ? Je l'ai simplement convaincu que j'étais dingue ! »

— Pas de grand cimetière, de monument national, ou de trucs de ce genre ? demanda Stetson.

— Pas le moindre. Mais ils ont cette coutume d'enterrer leurs mots verticalement et de planter un arbre fruitier au-dessus. Et il y a quelques très grands vergers.

— Ça vous paraît important ?

— Ça me chiffonne.

Stetson prit une profonde inspiration, se rejeta en arrière. Il tapota sur la table avec son stylet, les yeux dans le vague. Quelques instants plus tard, il demanda :

— Que pensent-ils de la rééducation ?

— Ils sont très intéressés par l'aspect industriel. C'est pourquoi je suis ici, dans ce village de Pitsiben. Nous avons localisé un gisement de tungstène tout proche, et...

— Et la profession médicale ? l'interrompit Stetson. Soins des blessures, ce genre de choses ?

— C'est difficile à dire, répondit Orne. Vous savez comment sont les médics. Ils sont persuadés de tout savoir et il est très délicat de découvrir ce qu'ils savent réellement. Quoique je fasse des progrès.

— Quel est leur niveau général en ce domaine ?

— Ils ont une bonne connaissance de base en anatomie, chirurgie et traitement des fractures. Mais je n'arrive pas à cerner le problème en ce qui concerne les blessures.

— Savez-vous pourquoi cette planète est si arriérée ? demanda Stetson.

— L'histoire nous apprend qu'Hamal a été accidentellement fondée par seize survivants, onze femmes et cinq hommes, d'un croiseur de Tritsahin touché dans un engagement au début de la guerre des Marches. Ils se sont posés dans un canot de sauvetage sans grand équipement et encore moins de connaissances. Je crois que la plupart étaient des soutiers.

— Et ils sont restés là tranquillement jusqu'à la venue du R.R., dit Stetson. Charmant. Tout à fait charmant.

— Cela se passait il y a cinq cents années Standards, précisa Orne.

— Et ces gens si doux continuent à cultiver la terre

et à chasser, murmura Stetson. Vraiment charmant. (Il leva les yeux sur Orne.) Combien de temps faudrait-il à cette planète, à supposer qu'ils possèdent en eux le germe de l'agressivité, pour devenir une menace formelle de guerre ?

— Eh bien... il y a dans ce système deux planètes inhabitées qu'ils pourraient aménager pour l'extraction des matières premières. Oh ! je dirais vingt à vingt-cinq Années-S après avoir reçu les bases industrielles sur leur planète mère.

— Et combien de temps avant que le noyau agressif ne possède la technique de la lutte souterraine et qu'il nous faille faire sauter la planète pour les déloger ?

— Donnez-leur un an, partis comme ils sont.

— Vous commencez à vous rendre compte des gentils petits problèmes que vous autres, crétins du R.R., créez pour nous ! (Stetson pointa un doigt accusateur sur Orne.) Et supposons que nous fassions un léger faux pas ! Supposons que nous déclarions que telle planète est agressive, que nous fassions venir une force d'occupation et que vos foutus espions découvrent que nous avons commis une erreur ! (Il serra les poings.) A-Ah !

— Ils ont déjà commencé à édifier des usines pour produire des machines-outils, dit Orne. Ils sont plutôt rapides. (Il haussa les épaules.) Ils absorbent tout, comme le noir manteau des ténèbres.

— Très poétique, grogna Stetson.

Il souleva sa longue carcasse de la chaise et fit un pas vers le centre de la pièce.

— Allons voir cela de plus près. Et je vous préviens, Orne, l'I.N. a autre chose à faire que perdre son temps à servir de nourrice au R.R.

— Et vous seriez ravi de nous faire passer pour une bande d'incapables, lança Orne.

— Vous avez *tellement* raison, mon garçon. Cela ne m'empêcherait pas le moins du monde de dormir.

— Et si j'ai commis une erreur ? Une première...

— Nous verrons. Nous verrons. Allez, venez. On va prendre mon glisseur.

« Tout cela n'a plus d'importance, pensa Orne. Ce type ne va pas y regarder de près, alors qu'il est si facile de fermer les yeux et de se gausser du R.R. Je suis foutu avant même que nous ayons commencé. »

L'un des problèmes majeurs lié à la construction d'une religion, pour n'importe quelle espèce, est de reconnaître et de s'abstenir d'interdire ces systèmes autorégulateurs propres aux espèces et dont dépend la survie de ces espèces.

Le Génie religieux.
(Manuel pratique.)

Il faisait déjà chaud à Pitsiben lorsque Orne et Stetson débouchèrent dans la rue pavée. Le drapeau vert et jaune pendait mollement sur son mât au-dessus de la résidence. Toute activité semblait s'être ralentie. En face, des groupes d'Hamalites impassibles se tenaient devant les étalages de légumes, ombragés par des bannes. Ils contemplaient d'un air maussade le véhicule de l'I.N. garé devant la porte.

Le glisseur était de modèle blanc classique, un véhicule ovoïde à deux places, vitre panoramique et turbine à l'arrière.

Orne et Stetson y prirent place, attachèrent leurs ceintures de sécurité.

— Voilà ce que je voulais dire, dit Orne.

Stetson fit démarrer la turbine, l'amena dans une plainte au niveau de puissance requis, puis embraya. Le glisseur rebondit plusieurs fois sur les pavés jusqu'à ce que le gyroscope le stabilise. Il effectua un virage serré, impeccable, devant les étalages de légumes.

Stetson éleva la voix pour couvrir le bruit de la turbine :

— Voilà quoi ?

— Ces abrutis, là. A tout autre endroit de l'univers, ils se seraient pressés autour de votre engin, agglutinés autour de la turbine en dépit du souffle, tripatouillant en dessous pour étudier la suspension. Et ces types se contentent de rester à distance, l'air lugubre.

— Pas de *froolap,* dit Stetson.

— Tout juste !

— Pourquoi croyez-vous qu'ils agissent ainsi ?

— Je pense qu'ils obéissent à des ordres.

— Pourquoi ne seraient-ils pas timides, tout simplement ?

— Et pourquoi pas !

— J'ai vu sur votre rapport qu'il n'y a sur Hamal aucun village qui soit entouré de murs, dit Stetson.

Il ralentit pour pouvoir manœuvrer entre deux basses charrettes à bras. Les fermiers regardèrent passer le glisseur.

— Pas à ma connaissance, précisa Orne.

— Pas de manœuvres militaires avec des groupes importants ?

— Pas à ma connaissance.

— Et aucun armement lourd ?

— Pas à ma connaissance.

— Que veut dire ce *pas à ma connaissance ?* demanda Stetson. Vous les soupçonnez de cacher quelque chose ?

— Effectivement.

— Pourquoi ?

— Parce que les faits ne semblent pas coller sur cette planète. Et, quand les faits ne collent pas, c'est qu'il manque des éléments.

L'attention de Stetson se détacha de la rue et il lança un regard aigu en direction d'Orne.

— Vous êtes très méfiant.

Orne agrippa la poignée de la portière pendant que le glisseur faisait une embardée, virant à angle droit pour se diriger vers la large route de crête.

— C'est ce que je vous ai dit dès le début.

— Ça nous fait toujours extrêmement plaisir d'enquêter sur les plus légères suspicions du R.R., fit Stetson.

— Il est préférable que ce soit moi qui fasse une erreur plutôt que vous, grommela Orne.

— Vous aurez remarqué que leurs constructions sont presque exclusivement en bois, dit Stetson. A leur niveau technologique, une telle utilisation du bois ferait plutôt pencher la balance du côté de la paix.

— A condition de savoir ce que ceci signifie... (Orne engloba d'un geste le panorama)... au niveau technologique.

— C'est ce qu'on vous apprend, maintenant, à cette chère Uni-Galacta ?

— Non. C'était mon idée à moi. S'ils possèdent une artillerie et une cavalerie mobile, les forts en pierre sont inutiles.

— Et qu'utiliseraient-ils pour la cavalerie ? demanda Stetson. D'après vos rapports, il n'y a pas d'animaux de selle sur Hamal.

— Je n'en ai pas découvert..., pas encore !

— Bien, fit Stetson. Je serai raisonnable. Vous parlez d'armes. Quelles armes ? Je n'ai rien vu de plus meurtrier que ces fusils à petits plombs portés par les chasseurs.

— S'ils avaient des canons, cela expliquerait beaucoup de choses, dit Orne.

— Comme l'absence de forts en pierre ?

— Et comment !

— Intéressante théorie. Au fait, comment fabriquent-ils les fusils de chasse ?

— Ils sont produits à l'unité par des artisans spécialisés. Une sorte de guilde.

— Une sorte de guilde. Rien que ça !

Stetson arrêta brutalement le glisseur sur une portion de route déserte, puis il coupa la turbine.

Le silence régnait. Orne regarda autour de lui. Il faisait chaud. Tout était paisible. Quelques insectes bondissants se risquaient sur la route poussiéreuse. Orne ressentit le sentiment troublant d'avoir déjà vécu cette scène, dans tous ses détails, que sa vie se répétait, prise dans un mouvement circulaire d'où il était impossible de s'échapper.

— Premier-Contact a-t-il repéré des traces de canons ? demanda Stetson.

— Vous savez bien que non.

Stetson hocha la tête.

— Mmmmmmmm. Hmmmmmmmm.

— Mais ils auraient pu les cacher intentionnellement, dit Orne. Cet imbécile de taré a vidé son sac dès le premier jour et a raconté à ces gens combien il était important pour nous qu'une planète *redec* ait une société pacifique.

— Vous en êtes sûr ?

— J'ai entendu les enregistrements.

— Alors, vous avez *tellement* raison, fit Stetson. Pour une fois. (Il s'extirpa du glisseur.) Venez. Donnez-moi un coup de main.

Orne descendit de son côté.

— Pourquoi nous sommes-nous arrêtés ?

Stetson lui passa l'extrémité d'un mètre à ruban.

— Auriez-vous l'obligeance de me maintenir le bout de cet instrument, comme un gentil garçon ?

Orne s'exécuta. L'anneau de plastal au bout du mètre était froid et de la poussière filait entre ses doigts. L'endroit sentait la terre et les végétaux en décomposition.

La route avait un peu moins de sept mètres de large. Stetson annonça le chiffre et l'inscrivit dans un carnet. Il murmura quelque chose au sujet de « lignes de régression ».

Ils retournèrent au glisseur, puis reprirent leur chemin.

— En quoi la largeur de la route est-elle importante ? demanda Orne.

— L'I.N. a une activité secondaire très rentable : nous vendons des omnibus, répondit Stetson. Je voulais juste vérifier que notre modèle standard s'adaptait à ces routes.

— Très drôle, grommela Orne. Je suppose qu'il est de plus en plus difficile à l'I.N. de justifier ses crédits.

Stetson éclata de rire.

— Vous avez *tellement* raison ! Nous allons ajouter un nouveau produit à notre gamme : un tonique nerveux pour agents du R.R. Nous devrions faire d'importants bénéfices.

Orne se radossa dans son coin, l'air morose. « Je suis foutu. Ce gros malin de commandant de secteur ne trouvera rien que je n'aie déjà trouvé. Je n'avais aucune raison valable d'appeler l'I.N., sauf que les faits ne collent pas sur cette planète. »

Stetson fit accomplir un virage au glisseur, car la route s'enfonçait à droite parmi les arbres rabougris.

— Nous avons enfin quitté la voie principale, constata Stetson.

— Si nous avions continué tout droit, nous nous serions enfoncés dans un marais, dit Orne.

— Ah ?

La route les amena au fond d'une large vallée coupée de lignes d'arbres brise-vent. Des volutes de fumées s'élevaient derrière les arbres dans l'air calme.

— Qu'est-ce que c'est que cette fumée ? demanda Stetson.

— Des fermes.

— Vous avez été voir ?
— Oui j'ai été voir !
— Susceptible, hein ?
Ils arrivèrent à une rivière, la traversèrent sur un grossier pont de bois avec des culées en pierre.
Stetson s'arrêta à l'extrémité du pont pour examiner les traces jumelles d'une étroite charrette qui serpentaient le long de la berge.
Ils repartirent, se dirigeant vers une autre crête. Il y avait des clôtures, des échaliers, au-delà des fossés qui bordaient la route.
— Pourquoi ces clôtures ? demanda Stetson.
— Pour marquer leur territoire.
— Et pourquoi des échaliers ?
— Pour se protéger des cerfs des marais, répondit Orne. Ça paraît logique.
— Des échaliers comme bornes et contre les cerfs des marais, fit Stetson. Quelle est la taille de ces cerfs ?
— De nombreux indices, livres, spécimens empaillés et autres, prouveraient que les plus grands d'entre eux atteignent environ cinquante centimètres de haut.
— Sauvages ?
— Très sauvages.
— Difficile à imaginer comme animaux de cavalerie, conclut Stetson.
— Tout à fait hors de question.
— Ce que signifie que vous avez examiné le problème.
— A fond.
L'homme de l'I.N. pinça les lèvres, pensif, puis il dit :
— Revoyons cette histoire de gouvernement.
Orne haussa le ton pour couvrir la plainte de la turbine du glisseur qui commençait à peiner dans l'ascension d'un autre contrefort.
— Que voulez-vous dire ?
— Cette histoire d'hérédité.

— L'appartenance au Conseil semble se transmettre de père en fils sur une base de droit d'aînesse.

— Semble se transmettre ?

Stetson manœuvra l'engin le long d'une forte pente puis vers une route qui redescendait de l'autre côté de la crête.

Orne haussa les épaules.

— Eh bien, ils m'ont vaguement parlé d'une procédure d'élection en cas de mort du fils aîné et en l'absence d'héritier mâle.

— Mais indubitablement patriarcal ?

— Indubitablement.

— A quels jeux ces gens jouent-ils ?

— Les enfants ont des toupies, des lance-pierres, des modèles réduits de charrettes, mais je n'ai pas remarqué de jouets guerriers.

— Et les adultes ?

— Leurs jeux ?

— Oui.

— J'en ai vu un qui se joue à seize hommes, par équipes de quatre. Ils utilisent un terrain carré d'environ cinquante mètres de côté. Le terrain est traversé par deux petits sillons en diagonale qui partent de chaque coin. Quatre hommes se postent à chaque angle et changent de place à tour de rôle...

— Laissez-moi deviner, l'interrompit Stetson. Ils rampent férocement les uns vers les autres le long de ces rigoles.

— Très drôle ! En fait, ils se servent de deux lourdes balles percées de trous pour les doigts. Une balle est verte, l'autre jaune. La jaune se joue la première et roule le long du sillon en diagonale. La balle verte est supposée être lancée de façon à venir frapper la jaune au point d'intersection.

— Et elle ne touche jamais la jaune.

— Si, parfois. La vitesse des balles est capricieuse.

— Et une immense ovation s'élève lorsqu'elle touche, fit Stetson.

— Il n'y a pas de spectateurs, précisa Orne.

— Aucun ?
— Pas à ma...
— Connaissance, fit Stetson, finissant la phrase d'Orne. De toute façon, ce jeu paraît tout à fait pacifique. Est-ce qu'ils sont doués ?
— Remarquablement maladroits, me semble-t-il. Mais ils ont l'air d'y prendre plaisir. Maintenant que j'y pense, ce jeu est l'une des rares choses à laquelle je les ai vus prendre ce qui pourrait ressembler à du plaisir.
— Vous êtes un missionnaire frustré, fit Stetson. Les gens ne s'amusent pas et vous voudriez vous en mêler et organiser des jeux.
— Des jeux guerriers, précica Orne. Avez-vous pensé à ça ?
— Hein ?
Stetson quitta un instant la route des yeux. Le glisseur fit une embardée, heurta le bas-côté. Stetson reporta son attention à la conduite.
— Que se passerait-il si un petit malin du R.R. se proclamait lui-même empereur de sa planète ? demanda Orne. Il pourrait fonder sa propre dynastie. Vous n'en entendriez parler que lorsque les premières bombes éclateraient ou que les gens commenceraient à mourir pour *raisons inconnues.*
— C'est la hantise quotidienne de l'I.N., dit Stetson. Puis il se tut.
Le soleil était haut dans le ciel. La route serpentait, bordée de remblais rocailleux, passant devant de maigres buissons et des arbres trapus, bulbeux. Au loin s'étendaient les terres cultivées.
Un peu plus tard, Stetson demanda :
— Qu'en est-il de la religion d'Hamal ?
— J'ai fait des recherches dans ce domaine, répondit Orne. Ils prient le Surdieu d'Amel. Ils sont monothéistes. Il y avait un livre de prières courantes dans le canot de sauvetage Tritsahin. Ils ont quelques ermites vagabonds, mais, pour autant que je le sache, ce sont des espions du Conseil. Il y a environ trois

cents ans, un saint homme commença à prêcher une vision du Surdieu. Et il y a maintenant un culte de ce visionnaire, mais pas de traces de conflits religieux.

— Douceur et lumière, ironisa Stetson. Un clergé ?

— Le leadership religieux est assuré par le Conseil. Ils nomment des dévôts appelés Gardiens de la Prière. Un cycle de neuf jours d'observance religieuse semble être la règle générale. Il en existe une variante complexe, comportant des jours saints, qu'ils nomment Jours d'Allégement, et ils sanctifient l'anniversaire de la date à laquelle le visionnaire, du nom d'*Arune*, fut physiquement transporté dans les cieux. Les Prêtres d'Amel ont envoyé une Missive de Dispense Temporaire, et je suis persuadé qu'on peut s'attendre aux habituelles conférences avec une conclusion démontrant que le Surdieu veille sur la moindre de Ses créatures.

— Détecterais-je une note de sarcasme dans votre voix ? demanda Stetson.

— Vous détectez une note de prudence, répondit Orne. Je suis originaire de Chargon. Notre prophète était Mahmud et il a été dûment confirmé par le clergé d'Amel. Quand il est question d'Amel, je m'avance toujours avec précaution.

— Le sage prie une fois par semaine et étudie Psi chaque jour, murmura Stetson.

— Pardon ?

— Rien.

La route plongea dans une étroite dépression entre les collines, puis elle traversa un petit ruisseau pour s'élancer vers un nouveau contrefort où, sur la crête, elle obliqua à gauche. Ils aperçurent au loin un autre village perché sur un haut plateau. Lorsqu'ils en furent assez près pour distinguer le drapeau vert et jaune flottant sur le bâtiment gouvernemental, Stetson fit halte, ouvrit sa vitre et coupa le moteur. Le rotor de la turbine s'éteignit dans une longue plainte.

Fenêtre ouverte, air conditionné stoppé, ils furent saisis par la chaleur oppressante de cette journée.

Orne se mit à transpirer abondamment, sentant une tache humide s'élargir à l'endroit où son dos touchait le creux plastifié du siège.

— Pas d'avions sur Hamal ? demanda Stetson.

— Pas le moindre signe.

— Bizarre.

— Pas vraiment. Ils sont superstitieux quant aux dangers de quitter le sol. Sans aucun doute lié au fait qu'ils ont de justesse échappé à l'espace. Ils font simplement preuve d'un peu d'anti-technologie, excepté au sein du Conseil, où leur vision de la propension humaine à fabriquer des outils est plus sophistiquée.

— Syndrome des soutiers, murmura Stetson.

— Quoi ?

— La technologie est dangereuse pour les créatures pensantes, dit Stetson. Beaucoup de cultures et de sous-cultures croient cela. Il fut un temps où je le croyais moi-même.

— Pourquoi nous sommes-nous arrêtés ici ? demanda Orne.

— Nous attendons.

— Quoi ?

— Qu'il se passe quelque chose, répondit Stetson. Que pensent les Hamalites de la paix ?

— Ils pensent que la paix est merveilleuse. Le Conseil est ravi des activités pacifiques du R.R. Le commun des citoyens a un schéma de réponse indiquant une leçon bien apprise. Ils disent : « Les hommes trouvent la paix dans le Surdieu. » Tout cela est parfaitement logique.

— Orne, pouvez-vous me dire pourquoi vous avez pressé le bouton de panique ? demanda Stetson.

La bouche d'Orne s'ouvrit pour une réponse muette, puis il s'écria :

— Je vous l'ai déjà dit !

— Mais qu'est-ce qui vous a décidé ? insista Stetson. Qu'est-ce qui a mis le feu aux poudres ?

Orne avala sa salive, puis déclara d'une voix basse :

— Plusieurs choses. D'abord, ils ont donné un banquet pour...

— Qui a donné un banquet ?

— Le Conseil. Ils ont donné un banquet en mon honneur. Et... euh...

— Ils ont servi des *froolaps,* dit Stetson.

— Vous voulez entendre la suite ou pas ?

— Mon cher enfant, je suis tout ouïe.

Orne lança un regard sarcastique en direction des oreilles de Stetson et dit :

— Je n'avais pas remarqué.

Puis il reprit :

— Donc, le banquet du Conseil comprenait un ragoût de queues de *porjo* qui...

— Des *porjos ?*

— C'est un rongeur indigène. Ils le considèrent comme un mets de choix, surtout pour sa queue. Les naufragés Tritsahin ont pu survivre grâce aux *porjos.*

— Ils en ont donc servi au cours de ce banquet.

— Oui. Mais ce qu'ils firent..., eh bien, le cuisinier, juste avant de m'apporter mon bol de ragoût, attacha un *porjo* vivant avec une sorte de corde qui se dissolvait rapidement dans le liquide brûlant. L'animal bondit hors du bol, m'éclaboussant partout.

— Et alors ?

— Ils ont ri pendant cinq minutes. C'est l'unique fois où j'ai vu des Hamalites rires pour de bon.

— Vous voulez dire qu'ils vous ont fait une farce et que ça vous a rendu furieux, furieux au point d'appuyer sur le bouton de panique ? Je croyais vous avoir entendu dire que ces gens n'avaient aucun sens de l'humour.

— Ecoutez, gros malin ! Vous êtes-vous jamais demandé quel genre de personnes pouvaient plonger un animal vivant dans un liquide bouillant à seule fin de plaisanterie ?

— Un humour un peu lourd, acquiesça Stetson. Mais néanmoins assez drôle. Et c'est pour ça que vous avez appelé l'I.N. ?

— En partie, oui.

— Et le reste ?

Orne décrivit l'incident de la culbute dans le tas de fruits mûrs.

— Ils sont donc restés là, sans rire, et c'est ce qui a éveillé vos plus noirs soupçons, fit Stetson.

Le visage d'Orne s'assombrit sous la colère.

— Bon, j'ai été rendu furieux par le coup du *porjo !* Si ça peut vous faire plaisir ! Mais j'ai quand même raison au sujet de cette planète ! Faites-en ce que vous voulez !

— J'ai bien l'intention de faire quelque chose, dit Stetson.

Il avança la main sous le tableau de bord du glisseur, décrocha un microphone dans lequel il annonça :

— Ici, Stetson.

« Cette fois-ci, je suis vraiment foutu », pensa Orne. Il sentit un creux à l'estomac et un goût d'amertume au fond de la gorge.

Le son bourdonnant d'un transmetteur spatial s'éleva du tableau de bord, suivi par :

— Ici, le vaisseau. Que se passe-t-il ?

La voix possédait cette résonnance métallique propre aux émissions codées.

— On a de sérieux ennuis, ici, Hal, dit Stetson. Lancez une demande urgente, Priorité n° 1, pour une force d'occupation.

Orne se dressa d'un bond, les yeux fixés sur le responsable de l'I.N.

Le transmetteur cliqueta, puis :

— C'est vraiment mauvais, Stet ?

— L'un des pires cas que j'aie jamais vus. Lancez un avis de recherche sur le Premier-Contact, un abruti du nom de Bullone. Et faites-le virer ! Même s'il est le propre fils du Commissaire Bullone ! Il faut être aveugle, et en plus idiot, pour qualifier Hamal de pacifique !

— Pensez-vous avoir des difficultés à rentrer ? demanda la voix du haut-parleur.

— Je ne crois pas. L'envoyé du R.R. s'est montré assez malin et ils ne savent probablement pas encore que nous sommes après eux.

— Donnez-moi votre position, à toutes fins utiles.

Stetson jeta un coup d'œil sur un indicateur du tableau de bord.

— A-Huit.

— Bien reçu.

— Hal, expédiez cet appel immédiatement, dit Stetson. Je veux une force-O au grand complet ici avant demain !

— L'appel est déjà parti.

Le bourdonnement du transmetteur spatial s'éteignit. Stetson remit le microphone en place et se tourna vers Orne :

— Alors, vous aviez juste cédé à un pressentiment ?

Orne secoua la tête :

— Je...

— Regardez derrière nous, fit Stetson.

Orne se retourna, contempla la route qu'ils avaient empruntée.

— Vous ne constatez rien de bizarre ? demanda Stetson.

Orne combattit une sensation de vertige et dit :

— Je vois un fermier et un chasseur accompagné de son apprenti. Probablement des retardataires.

— Je veux dire : la route, précisa Stetson. Vous pouvez considérer cela comme une première leçon d'initiation aux techniques de l'I.N. : une route large qui longe les crêtes est une route militaire. Toujours. Les chemins de campagne sont étroits et suivent le tracé des voies d'eau. Les routes stratégiques sont plus larges, évitent les marais et franchissent les rivières à angle droit. Celle-ci correspond à cette définition.

— Mais...

Orne se tut, car le chasseur arrivait à leur hauteur ; il dépassa leur véhicule, ne leur accordant qu'un regard indifférent.

— Quel est cet étui de cuir qu'il porte sur son dos ? demanda Stetson.

— Une longue-vue.

— Leçon numéro deux, fit Stetson. Les télescopes sont des instruments astronomiques, mais les longues-vues ont été développées comme accessoires d'armes à longue portée. Je pense que ces fusils de chasse ont une portée effective d'une centaine de mètres. *Conclusion :* ils possèdent une artillerie.

Orne hocha la tête. Il se sentait encore étourdi par la rapidité des événements, encore incapable de se laisser aller à un véritable sentiment de soulagement.

— Maintenant, considérons ce village, là-haut, ajouta Stetson. Vous remarquerez le drapeau. Presque inéluctablement, les drapeaux tirent leurs origines des étendards derrière lesquels on se rangeait pendant les batailles. Ce n'est pas toujours le cas, mais, ajouté aux autres faits, vous pouvez considérer cela comme une bonne présomption de preuve.

— Je vois.

— Il y a la docilité de la population civile, dit Stetson. Il est évident que cela va de pair avec une puissante aristocratie militaire et/ou religieuse qui réprime tout changement technologique. Le Conseil Suprême d'Hamal n'est rien d'autre qu'une aristocratie, qui s'entend très bien dans l'art d'utiliser la religion comme instrument politique et qui possède ses espions, autre conséquence inévitable liée à la présence d'armées et de guerres.

— Ce sont effectivement des aristocrates, acquiesça Orne.

— Règle première de notre manuel, cita Stetson :

lorsque l'on se trouve devant une situation où il y a des riches et des pauvres, il y a des privilèges à défendre. Cela implique toujours la présence d'une armée, et peu importe qu'elle soit appelée troupe, police ou garde. Je suis prêt à parier ma chemise que ces aires de jeux de balles vertes et jaunes ne sont que des champs de manœuvre déguisés.

Orne avala péniblement sa salive.

— J'aurais dû y penser.

— Mais vous y avez pensé, affirma Stetson. Inconsciemment. Vous avez inconsciemment perçu tout ce qu'il y avait ici de factice. Et ça vous a drôlement travaillé. C'est pour ça que vous avez pressé le bouton de panique.

— Je crois que vous avez raison.

— Une autre leçon, fit Stetson. Le point le plus important sur le chapitre de l'agression : un peuple pacifique, vraiment pacifique, ne parle même pas de la paix. Les gens ont développé une dynamique de non-violence dans laquelle n'apparaît pas le concept ordinaire de paix. Ils n'y pensent même pas. Pour développer plus qu'un simple intérêt pour la paix telle que nous la concevons, il faut lui opposer le contraste violent, et répété, de la guerre.

— Bien entendu. (Orne inspira profondément et contempla le village sur le haut plateau devant eux.) Mais l'absence de forts ? Je veux dire, pas d'animaux de cavalerie et...

— Nous pouvons tenir pour acquis qu'ils ont une artillerie, l'interrompit Stetson. Hmmmmmmm. (Il se frotta le menton.) Eh bien, c'est probablement suffisant. Nous allons certainement découvrir ici une structure excluant la cavalerie mobile de notre équation et rendant ainsi inutiles les forts de pierre.

— Je le suppose.

— Voilà ce qui a dû se passer sur cette planète, fit Stetson. Premier-Contact, cet abruti, puisse-t-il pourrir en prison, est arrivé à une fausse conclusion au sujet d'Hamal. Il a dévoilé notre existence. Les

Hamalites se sont réunis et ont déclaré une trêve. Ils ont caché ou maquillé tous les signes de guerre qu'ils connaissaient, ont passé le mot aux citoyens, puis se sont évertués à tirer de nous tout ce qu'ils pouvaient. Ont-ils déjà envoyé une délégation sur Marak ?

— Oui.

— Il va falloir qu'on les intercepte aussi.

— Ça s'impose, approuva Orne.

Il commençait à ressentir le sentiment total, purificateur, du soulagement, mais avec en arrière-plan d'étranges harmoniques d'appréhension. Il avait sauvé sa carrière, mais il pensait aux conséquences pour Hamal de ce qui allait suivre. Une force-O totale ! L'occupation militaire était toujours dégradante, tant pour les occupants que pour les occupés.

— Je pense que vous ferez un assez bon agent de l'I.N., dit Stetson.

Orne sortit brusquement de sa rêverie.

— Je ferai un... Quoi ?

— Je vous embauche, fit Stetson.

Orne le dévisagea.

— Vous pouvez faire ça ?

— Il y a encore quelques personnes avisées dans notre gouvernement, expliqua Stetson. Et, vous pouvez me croire, nous avons ce pouvoir à l'I.N. (Il fronça les sourcils.) Et nous recrutons beaucoup trop d'hommes de cette façon, au bord de la catastrophe.

Orne déglutit péniblement.

— Mais...

Il se tut. Le fermier, poussant sa charrette grinçante, dépassa le véhicule de l'I.N.

Les hommes dans le glisseur observèrent le singulier mouvement de balancier qui animait le dos du Hamalite, la sûreté avec laquelle ses pieds se posaient sur la chaussée poussiéreuse, l'aisance de la progression du véhicule lourdement chargé de légumes.

— Quel crétin de *froolap* je fais ! s'écria Orne. (Il indiqua la silhouette du fermier qui s'éloignait.) Le voilà, votre animal de cavalerie. Cette foutue charrette n'est rien d'autre qu'un char !

Stetson frappa du poing la paume ouverte de sa main gauche.

— Mais bien sûr ! Et nous l'avions tout le temps sous les yeux ! (Il eut un sourire sardonique.) Il va y avoir des gens surpris, et furieux, à l'arrivée, demain, de notre force-O.

Orne hocha silencieusement la tête, souhaitant qu'il y ait d'autres façons de prévenir de désastreuses incursions militaires dans l'espace. Et il pensa : « Ce dont Hamal a besoin, c'est d'une nouvelle sorte de religion, une religion qui leur apprenne à équilibrer dans le bonheur leur vie sur leur propre monde, et à équilibrer leur monde dans l'univers. »

Mais, avec Amel qui contrôlait le cours de chaque religion, c'était hors de question. Il n'existait pas de tel système d'équilibre religieux, pas sur Chargon..., pas même sur Marak.

Et certainement pas sur Hamal.

Toute créature pensante a besoin d'une religion, quelle qu'elle soit.

NOAH ARKWRIGHT.
(Les Ecrits fondamentaux d'Amel.)

Umbo Stetson arpentait le pont-contrôle d'atterrissage de son croiseur de reconnaissance. Ses pas résonnaient sur le plancher qui, en vol, constituait le mur arrière du pont. Le vaisseau, long de quatre cents mètres, reposait maintenant sur ses ailettes arrière, luisant de ses feux rouges et noirs. Les hublots donnaient sur l'océan de jungle de la planète Gienah III, environ cent cinquante mètres plus bas. Un soleil jaune crème qui n'allait pas tarder à se coucher éclairait l'horizon.

Le cas de Gienah était plutôt délicat, et Stetson n'aimait pas l'idée d'avoir à utilise. pour cette mission un agent qui n'avait pas encore fait ses preuves. Il se sentait particulièrement concerné, car c'était lui, Umbo Stetson, chef de secteur, qui avait embauché cet agent.

« Je l'ai embauché et je l'envoie maintenant à la

mort », pensa Stetson en jetant un coup d'œil vers Lewis Orne, cadet de l'I.N. nouveau promu. « Instruit..., intelligent, mais inexpérimenté. »

— Nous devrions effacer toute trace de vie sur cette planète, murmura Stetson. Le grand nettoyage !

Il s'arrêta devant le hublot de tribord, ouvert, et contempla le cercle noirci que le croiseur avait creusé dans une clairière.

Le chef de secteur de l'I.N. rentra la tête et cette position, ajoutée à l'informe treillis bleu qu'il portait, n'améliorait en rien son apparence. Bien que pour cette opération il eût rang d'amiral de division, il ne portait aucun insigne. Il se dégageait de lui une impression de laisser-aller, de négligé.

Orne se tenait à un hublot opposé, étudiant le panorama de la jungle. A distance, quelque chose brillait, mais c'était trop éloigné pour pouvoir être identifié avec certitude ; la ville, probablement. De temps à autre, il consultait la console de contrôle de la dunette, le chronomètre placé au-dessus et la grande carte lumineuse qui indiquait leur position. Il se sentait vaguement mal à l'aise, gêné par la trop grande vigueur de ses muscles sur Gienah III dont la gravité n'était que des sept huitièmes du Standard Terra. Les cicatrices chirurgicales sur son cou, là où avait été greffé l'équipement de microcommunications, le démangeaient furieusement. Il se gratta.

— Ha ! rugit Stetson. Ces politiciens !

Un petit insecte noir aux ailes bombées se glissa par le hublot et se posa sur les cheveux roux, coupés court, d'Orne. L'homme le saisit délicatement, puis le relâcha. La bestiole voulut revenir se poser. Orne la chassa d'un geste de la main. L'insecte traversa le pont et sortit par l'ouverture située à côté de Stetson.

Le treillis bleu de l'I.N., neuf et empesé, ne parvenait pas à dissimuler la robustesse d'Orne. Le vêtement lui conférait une apparence de militaire de parade, mais il y avait quelque chose de clownesque dans sa silhouette trapue et déséquilibrée.

— Je suis fatigué d'attendre, dit Orne.

— C'est vous qui êtes fatigué !

— Vous avez eu des nouvelles d'Hamal ? demanda Orne.

— Oubliez Hamal ! Pensez plutôt à Gienah !

— C'était juste par curiosité, pour passer le temps.

Une légère brise fit onduler l'océan de verdure au-dessous d'eux. Çà et là, des fleurs rouges et pourpres éclataient dans le vert, courbant leur corolle et oscillant comme un public attentif. La riche odeur d'humus et de jeunes pousses pénétrait par les hublots ouverts.

— Regardez donc cette foutue jungle ! s'écria Stetson. Eux et leurs ordres stupides !

Orne acceptait calmement les éclats de colère de son chef. Bien sûr, Gienah constituait un problème très spécial, et très préoccupant, mais les pensées d'Orne n'en revenaient pas moins à Hamal. La force-O avait pris la situation en main, et les événements se déroulaient selon le détestable schéma habituel. On n'avait jamais trouvé le moyen d'empêcher les troupes d'occupation d'afficher une attitude arrogante et de s'engager dans des activités de répression, comme de s'octroyer les femmes les plus belles et les plus complaisantes. Lorsque la force-O finirait par quitter Hamal, les habitants de la planète seraient peut-être pacifiques, mais ils porteraient des cicatrices que cinq cents générations ne suffiraient vraisemblablement pas à effacer.

Une touche d'appel tinta sur la console au-dessus d'Orne. Une lumière rouge se mit à clignoter devant la grille du haut-parleur. Stetson lança un regard furieux en direction de l'instrument.

— Alors, Hal ?

— O.K., Stet. Les ordres viennent d'arriver. Nous utilisons le Plan C. ComOg dit que vous pouvez maintenant donner à votre agent toutes les informations dont nous disposons et, ensuite, foutre le camp d'ici...

— Vous leur avez demandé si je pouvais utiliser un autre agent ?

Orne leva les yeux, son attention éveillée. Des secrets, toujours des secrets, et, maintenant, qu'est-ce que tout cela voulait bien dire ?

— Négatif. Priorité n° 1. Et, de toute façon, ComOg pense qu'on fera sauter la planète.

Stetson contempla fixement la grille du haut-parleur.

— Saloperies de gros pleins de soupe de POLITICIENS sans cœur et bornés ! (Il reprit sa respiration.) O.K. Dites-leur qu'on va exécuter les ordres.

— La confirmation part tout de suite. Vous voulez que je monte pour aider au briefing ?

— Non. Je... Et merde ! Demandez-leur à nouveau si je dois utiliser celui-là !

— Stet, ils ont dit que nous devrions prendre Orne à cause des livres du Delphinus.

— Stetson soupira, puis il demanda :

— Nous donneraient-ils un délai supplémentaire pour le mettre au courant ?

— Priorité n° 1, Stet. Nous perdons du temps.

— Mais s'il ne...

— Stet !

— Quoi encore ?

— Je viens d'avoir un contact.

Stetson se releva d'un bond, dressé sur la pointe des pieds.

— Où ?

Orne regarda par le hublot, puis reporta son attention sur Stetson. L'atmosphère électrique du pont, faite à la fois d'urgence et de réticence, lui tordait l'estomac.

— Contact... à environ dix klicks, éructa le haut-parleur.

— Ils sont combien ?

— Tout un groupe. Vous voulez que je les compte ?

— Non. Que font-ils ?

— Ils viennent droit sur nous. Vous feriez mieux de vous dépêcher.

— Bien. Tenez-vous informés.

— Je reste en ligne.

Stetson se tourna vers son nouvel agent :

— Orne, si vous décidez de ne pas accepter cette mission, vous n'avez qu'à le dire, et je vous soutiendrai dans la limite du possible.

— Pourquoi refuserais-je ma première mission ?

— Ecoutez, et voyez vous-même.

Stetson se dirigea vers un compartiment incliné, à côté de la carte lumineuse, l'ouvrit et en sortit un uniforme blanc avec un insigne doré qu'il lança à Orne.

— Enfilez ça pendant que je vous mets au courant.

— Mais c'est un uniforme du R.R. !

— Passez-moi cette combinaison sur votre corps difforme !

— Bien, monsieur. Oui, amiral Stetson. Tout de suite, monsieur. Mais je pensais, monsieur, que j'en avais fini avec ce bon service de Redécouverte et Rééducation après que vous m'eûtes embauché à l'I.N.

Il commença à changer son uniforme bleu de l'I.N. pour le blanc du R.R. Et, après réflexion, il ajouta :

— ... Monsieur.

Un sourire de carnassier déchira les traits lourds de Stetson.

— Vous savez, Orne, l'une des raisons pour lesquelles je vous ai pris dans mon service était votre excellente attitude de soumission envers l'autorité.

Orne scella la longue couture de la combinaison.

— Oh ! je comprends, monsieur. A vos ordres, monsieur.

— Bon, maintenant, fermez-la, et écoutez-moi

avec attention. (Stetson montra la carte lumineuse et son quadrillage vert en surimpression.) Nous sommes ici. (Il posa un doigt sur la carte.) Là se trouve la ville que nous avons survolée avant de nous poser. (Le doigt se déplaça.) Vous vous dirigerez vers cette ville dès que nous vous aurons lâché. Cette cité est suffisamment étendue pour que vous ne puissiez pas la manquer en suivant une direction nord-est. Nous sommes...

La touche d'appel tinta à nouveau et la lumière rouge s'alluma.

— Qu'est-ce qu'il y a maintenant ? aboya Stetson.

— Ils ont décidé de passer au Plan H, Stet. Ce sont les nouvelles directives. Agir d'urgence.

— Cinq jours ?

— C'est tout ce qu'ils peuvent nous accorder.

— Nom de...

— ComOg prétend que nous ne pouvons pas cacher plus longtemps ces informations au Haut-Commissaire Bullone.

— Alors ce sera cinq jours, soupira Stetson.

Orne se rapprocha de la carte et demanda :

— Le cirque habituel du R.R. ?

Stetson grimaça.

— Pire. Grâce à Bullone et compagnie. Nous sommes une nouvelle fois au bord de la catastrophe, mais cela ne les empêche pas, à cette vieille Uni-Galacta, de nous rabâcher sans cesse les bienfaits du R.R.

— On a le choix entre partir à la redécouverte des planètes perdues, ou attendre que ce soient elles qui nous redécouvrent, dit Orne. Je préfère la première solution.

— Ouais, et un jour on en redécouvrira une de trop. Mais cette Gienah est une autre paire de manches. Ce n'est pas, vous entendez, ce n'est *pas* une *re*découverte.

Orne sentit ses muscles se raidir.

— Non-humaine ?

— N-O-N — H-U-M-A-I-N-E, épela Stetson. Une espèce et une culture que nous n'avons encore jamais rencontrées. Ce langage que nous vous avons inculqué par hypnose pendant le voyage, c'est un langage non humain. Il n'est pas complet, mais nous n'avions que les *minis* à notre disposition. Et nous ne vous avons même pas communiqué les données de base ! Même pas le peu que nous sachions sur les natifs de cette planète. Parce que nous pensions nettoyer cet endroit, ni vu ni connu.

— Grands dieux ! Mais pourquoi ?

— Il y a vingt-six jours, un patrouilleur de l'I.N. qui se trouvait dans les parages de ce monde, fit un repérage de routine par mini-espions. Lorsqu'il rappela ses protégés pour vérifier leurs enregistrements, voilà qu'il se trouvait un vilain petit canard parmi eux.

— L'un des *leurs ?*

— Non, l'un des nôtres. C'était un *mini* provenant du Delphinus. Le Delphinus est porté manquant depuis dix-huit mois standards, pour raison inconnue.

— Vous pensez qu'il s'est écrasé ici ?

— Nous ne le savons pas. Si c'est le cas, nous ne sommes pas arrivés à le localiser. Et, pour avoir regardé, nous avons regardé, croyez-moi. Mais maintenant, nous avons quelque chose d'autre en tête, quelque chose qui me fait souhaiter de pouvoir rayer Gienah de la carte et de rentrer chez moi la queue entre les jambes. Nous avons un...

Le bouton d'appel se manifesta une nouvelle fois.

— QUOI ENCORE ? rugit Stetson.

— J'ai envoyé un *mini* au-dessus de cette bande de Gienahs, Stet. Ils parlent de nous, on dirait. Cela ressemble à un groupe d'intervention. Et ils sont armés.

— Quel type d'armement ?

— Il fait trop sombre pour être absolument sûr. Les infra ne fonctionnent pas sur ce *mini*. On dirait des espèces de fusils à cartouches. Ils pourraient même provenir du Delphinus.

— Pouvez-vous vous approcher pour vérifier ?

— Ça ne vaut pas la peine d'en prendre le risque, sans les infra. La lumière est très faible en bas. Et ils se déplacent vite.

— Gardez un œil sur eux, mais ne négligez pas les autres secteurs, dit Stetson.

— Croyez-vous que je sois né d'hier ?

La voix dans le haut-parleur avait lâché cette phrase d'un ton sec et furieux. Le son fut brutalement coupé.

— Ce que j'aime, dans l'I.N., fit Stetson, c'est qu'on n'y trouve que des types d'humeur égale.

Il contempla sombrement l'uniforme blanc d'Orne, s'essuya les lèvres comme s'il venait de goûter quelque chose d'amer.

— Pourquoi me faites-vous porter ce truc ? demanda Orne.

— C'est un déguisement.

— Mais où est la fausse moustache qui va avec ?

Stetson eut un sourire sans joie.

— L'I.N. a trouvé une parade à ces gros lards de politiciens incompétents. Nous avons édifié notre propre réseau de surveillance. Nous trouvons les planètes avant eux. Nous avons réussi à glisser des espions à des postes clés du R.R. Chaque fois qu'on nous informe d'une situation délicate sur un monde, nous détournons les dossiers correspondants.

— Oh !

— Puis nous allons voir ce qui se passe sur lesdites planètes grâce à des garçons intelligents, comme vous, déguisés en agents du R.R.

— Eh bien ! Et que se passerait-il si le R.R. me tombait dessus pendant que je fais des pâtés de sable avec les non-humains ?

— Nous devrions vous désavouer.

— C'est ridicule ! Ils ne croiraient jamais... Hé !

Vous avez dit que c'était un vaisseau de l'I.N. qui avait découvert cet endroit !

— C'est exact. Puis l'un de nos espions du R.R. a intercepté une demande de *routine*, sollicitant la présence ici d'un agent-instructeur muni d'un équipement complet. La demande était signée d'un officier Premier-Contact du nom de Riso..., du Delphinus !

— Mais le Delphinus est...

— Porté manquant. La demande était un faux. Vous comprenez maintenant pourquoi je suis partisan de raser cette planète. Qui aurait osé faire cette falsification sans savoir avec certitude que le véritable officier P.C. était porté manquant, ou était... mort ?

— Stet, dans quel merdier nous sommes-nous fourrés ? demanda Orne. Un contact avec une civilisation étrangère exige une équipe d'experts avec tout le...

— Celui-ci exige que nous utilisions un efface-planète. Dans cinq jours. A moins qu'entre-temps vous n'ayez réussi à les blanchir. Passé ce délai, le Haut-Commissaire Bullone aura entendu parler de ce monde. Et si Gienah existe encore dans cinq jours, est-ce que vous imaginez la réaction des politiciens ? Orne, il faut que d'ici là cette planète soit ou bien lavée de tout soupçon, ou bien morte.

— Nous nous donnons des verges pour nous faire fouetter, fit Orne. Je n'aime pas cela. Pensez à ce qui s'est passé sur...

— C'est VOUS qui n'aimez pas ça !

— Il doit y avoir une autre solution, Stet. Quand nous nous sommes joints aux Alerinoïdes, nous avons gagné cinq siècles rien que dans le domaine des sciences physiques, sans parler de...

— Les Alerinoïdes n'ont pas descendu un de nos vaisseaux de surveillance.

— Mais si le Delphinus s'est simplement écrasé ici ? C'est une immense jungle. Et si les indigènes sont tombés par hasard sur...

— C'est ce que vous allez nous apprendre, Orne. Du moins je l'espère. Vous êtes la réponse à leur demande de *routine*, un agent-instructeur du R.R. Mais dites-moi un peu, monsieur R.R. : combien de temps faudrait-il à une espèce se servant d'outils pour devenir une menace pour la Galaxie, compte tenu des informations que vous possédez ?

— Vous avez vu la taille de cette ville. Ils pourraient s'y enfouir en six mois, et il n'y aurait aucun moyen de...

— Exactement !

Orne secoua la tête.

— Mais réfléchissez : deux civilisations qui se sont développées en suivant des voies différentes. Pensez aux diverses façons dont nous pourrions approcher de semblables problèmes, aux clés que cela nous donnerait pour...

— On dirait une conférence d'Uni-Galacta. Et main dans la main nous avancerons ensemble dans les brumes du futur. Vous avez fini ?

Orne prit une profonde inspiration. Il se sentait débordé par le cours des événements, incapable de prendre des décisions rationnelles. Il demanda :

— Pourquoi moi ? Pourquoi me jetez-vous dans la fosse aux lions ?

— Les rôles du Delphinus. Vous y figurez toujours en tant qu'agent du R.R., avec votre identification, structure oculaire, et tout le reste. C'est très important si vous vous faites passer pour...

— Suis-je le seul dans ce cas ? Je suis un nouveau venu à l'I.N., mais...

— Vous refusez ?

— Je n'ai pas dit cela. Je veux seulement savoir pourquoi je suis...

— Parce que les grosses têtes du Q.G. ont nourri leurs monstres mécaniques qui ont vomi votre nom. Ils cherchaient quelqu'un de capable, digne de confiance... et ayant l'esprit de sacrifice.

— Hé là !

— C'est pourquoi je suis ici à vous mettre au courant au lieu d'être tranquillement installé dans le vaisseau amiral. C'est moi qui vous ai engagé à l'I.N. Et maintenant, écoutez-moi bien : si vous appuyez sans raison sur le bouton de panique, je m'occuperai personnellement de vous. Mais, si vous vous trouvez vraiment dans une sale situation et que vous ayez besoin d'aide, je plongerai avec ce croiseur dans la ville pour vous en sortir. C'est bien clair ?

Orne, la gorge serrée, réussit à articuler :

— Oui. Et merci, Stet, mais si...

— Nous maintiendrons une orbite serrée. Derrière nous, il y aura cinq transporteurs bourrés de marines de l'I.N., plus un Aviso Classe IX équipé d'un efface-planète. C'est à vous de jouer. Que Dieu vous aide ! Il nous faut d'abord savoir s'ils se sont emparés du Delphinus, et, dans l'affirmative, ce qu'ils en ont fait. Ensuite, nous voulons savoir dans quelle mesure ces gens sont bellicistes. Pouvons-nous traiter avec eux ? Sont-ils trop sanguinaires ? Quel est leur potentiel ?

— En cinq jours ?

— Pas une seconde de plus.

— Que savons-nous d'eux ?

— Pas grand-chose. Ils ressemblent vaguement aux anciens chimpanzés de Terra, mais avec une fourrure bleue. Leur visage est imberbe, avec une peau rose.

Stetson toucha un bouton localisé à sa taille. La carte lumineuse au-dessus de lui se transforma en un écran sur lequel se détachait une silhouette.

— Grandeur nature.

— On dirait le fameux maillon manquant, fit Orne.

— Ouais, mais vous n'êtes pas là pour le retrouver.

— Leurs pupilles sont fendues verticalement, constata Orne.

Il étudia attentivement l'image. Le Gienahn avait

été photographié de face par un mini-espion. Il mesurait environ un mètre cinquante, était légèrement penché en avant, bras ballants. Le nez était épaté avec deux narines verticales. La bouche formait une balafre sans lèvres au-dessus d'un menton fuyant. Les mains comptaient quatre doigts. Il portait une large ceinture où étaient accrochés une rangée de petits sacs et ce qui pouvait passer pour des outils, bien que leur usage parût obscur ; peut-être des armes. L'extrémité d'une queue apparaissait derrière l'une des courtes jambes.

La créature se tenait sur une espèce de pelouse verdâtre, et derrière elle se dressait la féerie des tours de la ville qu'ils avaient observée d'en haut.

— Des queues ? demanda Orne.

— Oui. Ce sont des arboricoles. Nous n'avons pas trouvé la moindre route sur la planète, mais beaucoup de pistes à travers les lianes. (Les traits de Stetson se durcirent.) Essayez de faire coller ça avec un ensemble urbain aussi développé que celui-ci.

— Culture esclavagiste ?

— Probablement.

— Combien y a-t-il de villes ?

— Nous en avons découvert deux. Celle-ci et une de l'autre côté de la planète, mais cette dernière est en ruines.

— Une guerre ?

— C'est à vous de nous l'apprendre. Il y a beaucoup de mystères ici.

— La jungle couvre-t-elle une grande superficie ?

— Presque toutes les terres de la planète. Il y a deux océans polaires, quelques lacs et des fleuves. Une petite chaîne de montagnes suit la ceinture équatoriale sur les deux tiers, environ, de la planète. Les marques de dérive des continents sont anciennes. La surface est stabilisée depuis très longtemps.

— Et seulement deux cités. Vous en êtes sûr ?

— A peu près. Ce serait presque impossible de ne pas repérer une aussi vaste mégalopole. (Il indiqua la ville qui se dressait derrière la silhouette sur l'écran.) Elle doit avoir deux cents kilomètres de long et au moins cinquante de large. Et elle grouille de ces créatures. Nous avons une assez bonne estimation numérique pour cette zone : elle place la population de cette mégalopole à plus de trente millions. En nombre d'habitants, c'est la plus grande ville dont nous ayons jamais entendu parler.

— Oh là ! s'écria Orne. Regardez la taille de ces bâtiments. Ces Gienahns ont beaucoup à nous apprendre sur l'environnement urbain.

— Mais nous ne l'apprendrons peut-être jamais, Orne. Si vous ne les ramenez pas dans le droit chemin, nos archéologues ne trouveront plus que des cendres.

— Il doit y avoir une autre solution !

— Je suis d'accord avec vous, mais...

Stetson fut interrompu par la sonnerie d'appel. Il demanda d'une voix lasse :

— Oui, Hal ?

— Le groupe n'est plus qu'à environ cinq klicks, Stet. L'équipement d'Orne est déjà dans le dériveur camouflé.

— Nous descendons tout de suite.

— Pourquoi un dériveur camouflé ? demanda Orne.

— C'est l'idée d'Hal. Si les Gienahns pensent qu'il s'agit d'un glisseur, ils sous-estimeront peut-être vos possibilités de leur échapper. Vous savez, dans les airs, on pourra toujours vous récupérer.

— Stet, quelles sont mes chances ?

— Minces. Pratiquement nulles. Ces sauvages ont vraisemblablement capturé le Delphinus. Nous pouvons seulement espérer qu'ils vous épargneront le temps de s'emparer de votre équipement et de tout ce que vous savez.

— Cinq jours ?

— Si vous n'êtes pas revenu d'ici là, nous frappons.

— L'esprit de sacrifice !

— Vous voulez refuser cette mission ?

— Non.

— Je ne m'attendais pas à ce que vous le fassiez. Ecoutez, mon petit, n'oubliez jamais de protéger vos arrières. Laissez-vous toujours une porte de sortie.

— Comme vous le faites vous-même, répliqua Orne.

— Stetson le contempla fixement quelques instants, puis il dit :

— Tout juste. Maintenant, vérifions ce que les chirurgiens vous ont implanté dans le cou.

— Je me posais des questions à ce sujet.

Stetson posa une main sur sa gorge. Sa bouche ne s'ouvrit pas, mais Orne perçut une voix chuintante, émanant du récepteur localisé sous sa peau.

— Vous m'entendez, Orne ?

— Je vous entends, mais...

— Non ! siffla la voix. Touchez le micro de contact. Gardez la bouche fermée et utilisez seulement vos muscles vocaux, sans parler à haute voix.

Orne s'exécuta, la main sur la gorge.

— Comme ça ?

— C'est mieux, fit Stetson. Je vous reçois clairement.

— Quelle est la portée de cet émetteur ?

— Un relais espion se tiendra en permanence à vos côtés, fit Stetson. Bon, si vous ne touchez pas le micro de contact, ce petit appareil nous transmettra quand même tout ce que vous dites et ce qui se passe autour de vous. Nous enregistrerons tout. Vous avez bien compris ?

— J'espère.

Stetson tendit la main droite.

— Bonne chance, Orne. Je pensais ce que je disais quand j'ai affirmé que je viendrais vous sortir de là. Dès que vous le demanderez.

— Je sais comment le demander, fit Orne. En hurlant : AU SECOURS !

Prosternez-vous devant Ullua, l'étoile vagabonde des Ayrbs. Qu'aucun blasphème ne soit proféré, qu'aucun blasphémateur ne vive ; puisse le blasphème brûler la bouche. Les blasphémateurs sont maudits de Dieu et des élus. Puisse cette malédiction frapper le blasphémateur de la plante des pieds au sommet du crâne, qu'il dorme ou qu'il veille, qu'il soit assis ou qu'il soit debout...

Invocation
du Jour de Bairam.

Un sol de fange grise et de sombres passages entre de monstrueux troncs d'arbre bleus, telle était la jungle de Gienah. Seule une faible lumière pénétrait jusqu'à la boue.

Le dériveur camouflé d'Orne, ses unités paragrav coupées, tanguait et glissait sur de grosses racines. Le faisceau de ses phares, dans sa folle trajectoire, éclairait tour à tour les troncs et la terre marécageuse. De la cime inaccessible de la forêt croulaient de larges boucles de lianes. Des gouttes de condensation s'étalaient sur le pare-brise, obligeant Orne à faire usage de ses souffle-glace.

Installé dans le siège-baquet de l'habitacle, Orne se battait avec les commandes, s'efforçant en même temps de repérer autour de lui des traces de la bande de Gienahns. Il était gêné par la sensation de lenteur et de flottement qu'éprouvent toujours les natifs de planètes à forte pesanteur dans une gravité plus légère. Son estomac s'en ressentait.

De petites taches bondissaient tout autour du véhicule instable, des taches fugitives, rapides, des taches bleues, rouges, vertes, violettes, irisées. Des taches ternes aussi. Les insectes de Gienah, attirés par les faisceaux lumineux, s'élançaient à leur rencontre dans le bourdonnement de deux cônes jumeaux. Un concert discordant, fait de pépiements, de cris aigus, de sifflements et de petits coups sourds, s'élevait de l'obscurité trouée par les phares.

La voix de Stetson chuinta soudain dans le haut-parleur greffé dans la chair d'Orne :

— Comment est-ce ?

— Etrange.

— Aucun signe de cette horde ?

— Négatif.

— Bien. Nous décollons. Bonne chance.

Derrière Orne s'éleva le puissant grondement des réacteurs du croiseur de reconnaissance. Puis le vacarme s'estompa. Tous les autres bruits s'étaient tus, l'espace d'un instant, puis ils reprirent : les plus forts d'abord, les plus faibles ensuite.

Une lourde silhouette, accrochée à une liane, traversa le faisceau des phares, puis disparut derrière un arbre. Puis une autre. Encore une autre. Des ombres fantomatiques, se balançant aux lianes, bondissaient de chaque côté du dériveur. Une grosse masse attérrit sur le capot dans un bruit sourd.

Orne freina brutalement, faisant déraper le chargement derrière lui. Et il se trouva face à un natif de Gienah, séparé de lui par le pare-brise. L'indigène était accroupi sur le capot et il tenait dans sa main droite un fusil à plombs Mark XX braqué sur la tête d'Orne. Malgré le choc brutal de cette rencontre, Orne avait identifié l'arme : l'équipement standard des marines sur les vaisseaux de surveillance du R.R.

L'indigène ressemblait comme un frère jumeau à celui qu'Orne avait étudié sur l'écran lumineux ; il portait exactement la même ceinture avec ses rangées de petits sacs et d'artefacts. Les quatre doigts de la main qui serrait la crosse du Mark XX paraissaient habiles et efficaces.

Lentement, Orne porta la main à sa gorge, activant le microphone caché et faisant fonctionner ses muscles vocaux :

— *Contact établi. Un membre de la bande est sur le capot, un Mark XX pointé sur ma tête.*

La voix sifflante de Stetson se matérialisa dans le haut-parleur implanté :

— *On revient ?*

— *Négatif. Restez à l'écoute. Il semble plus curieux qu'hostile.*

— *Soyez prudent. Vous ne pouvez être certain des réactions d'une espèce inconnue.*

Orne retira sa main droite de son cou et la présenta, paume ouverte. Puis, après réflexion, il leva également la main gauche. Le symbole universel d'intentions pacifiques : des mains vides. Le canon du fusil s'abaissa légèrement. Orne fit appel à sa mémoire, au langage gienahn qu'on lui avait inculqué par hypnose. « Ocheero ? » Non, cela voulait dire « Le Peuple ». « Ah ! oui... » Il se souvint de la longue consonance sifflante.

— Ffroiragrazzi, prononça-t-il en guise de salut.

L'indigène se déplaça sur la gauche, puis répondit dans un pur haut-galactique, sans le moindre accent :

— Qui êtes-vous ?

Orne réprima un sentiment de panique. La bouche, avec son absence de lèvres, était effrayante à voir former ces mots si familiers.

La voix de Stetson chuinta :

— *Etait-ce le Gienahn qui parlait galactique ?*

Orne se toucha la gorge :

— *Vous l'avez entendu !*

— Qui êtes-vous ? demanda à nouveau l'indigène.

Orne laissa retomber sa main et dit :

— Je suis Lewis Orne, du service de Redécouverte et Rééducation. J'ai été envoyé ici à la demande d'un officier Premier-Contact du Delphinus Redécouverte.

— Où est votre vaisseau ? questionna le Gienahn.

— Il m'a déposé puis est reparti.

— Pourquoi ?

— Il était en retard pour un autre rendez-vous.

Du coin de l'œil, Orne vit d'autres silhouettes atterrir dans la boue à côté de lui. Le dériveur tangua lorsqu'une masse escalada le chargement attaché à l'arrière.

L'indigène grimpa sur le marchepied du dériveur et fit glisser la porte d'un mouvement brusque. Le fusil restait braqué sur Orne. A nouveau, la bouche sans lèvres forma des mots galactiques :

— Que transportez-vous dans votre... véhicule ?

— L'équipement du R.R., tout ce dont un agent a besoin pour aider le peuple d'une planète redécouverte à restaurer sa civilisation et son économie. (Orne indiqua le fusil d'un mouvement de tête.) Pourriez-vous diriger cette arme dans une autre direction ? Ça me rend nerveux.

Le canon du fusil resta braqué sur la poitrine d'Orne. La bouche du Gienahn s'ouvrit, dévoilant de longues canines et une langue bleue :

— Vous ne nous trouvez pas étranges ?

— On m'a dit qu'il y a eu sur cette planète une importante variation mutante de la norme humanoïde, répondit Orne. Qu'est-ce que c'était ? De fortes radiations ?

Le Gienahn resta silencieux.

Orne ajouta :

— Cela n'a pas grande importance. Je suis ici pour vous aider comme nous le faisons avec toutes les planètes redécouvertes.

— Je m'appelle Tanub, des Grazzi, Chef du Haut Sentier, dit l'indigène. C'est moi qui décide qui doit aider.

Orne avala péniblement sa salive.

— Où alliez-vous ? demanda Tanub.

— Je me dirigeais vers votre ville. Est-ce autorisé ?

Tanub garda le silence quelques instants. Ses pupilles fendues verticalement se dilatèrent puis se contractèrent. Ses yeux rappelaient à Orne ceux d'un grand félin hésitant encore à bondir.

Puis Tanub prononça :

— C'est autorisé.

La voix de Stetson chuinta dans le haut-parleur caché :

— *Les jeux sont faits, Orne. Nous venons vous chercher. Galactique plus Mark XX, la partie est terminée. Ils ont le Delphinus, c'est certain.*

Orne porta la main à sa gorge :

— *Non ! Laissez-moi encore un peu de temps.*

— *Pourquoi ?*

— *Vous me précipiteriez dans les flammes ! Et puis je soupçonne quelque chose au sujet de ces Gienahns.*

— *Quoi ?*

— *Pas le temps de vous expliquer. Faites-moi confiance.*

Il y eut un long silence pendant lequel Orne et Tanub continuèrent à s'observer mutuellement. Puis Stetson répondit :

— *Très bien. Continuez comme prévu. Tâchez de trouver où ils ont caché le Delphinus, et, si nous récupérons notre vaisseau, nous leur tirerons les oreilles.*

— Pourquoi avez-vous toujours la main sur votre cou ? demanda Tanub.

Orne éloigna sa main de sa gorge.

— Je suis un peu nerveux. Les armes me rendent toujours nerveux.

Tanub abaissa légèrement le canon du fusil.

— Pouvons-nous continuer en direction de votre ville ? demanda Orne.

Il se passa la langue sur les lèvres. L'éclairage vert de l'habitacle conférait au visage du Gienahn une apparence sinistre, fantomatique.

— Nous pourrons partir bientôt, dit Tanub.

— Voulez-vous me tenir compagnie à l'intérieur ? proposa Orne. Il y a un siège passager juste derrière moi.

Les yeux de Tanub se déplacèrent rapidement de droite à gauche, comme ceux d'un grand chat.

— Oui.

Il se tourna, aboya un ordre vers l'obscurité de la jungle, puis grimpa derrière Orne.

Une odeur de fourrure mouillée, avec une touche d'acidité, se dégageait du Gienahn.

— Quand partons-nous ? demanda Orne.

— Le grand soleil se couche bientôt, répondit Tanub. Nous pourrons poursuivre dès que *Chiranachuruso* sera levé.

— *Chiranachuruso ?*

— Notre satellite..., notre lune.

— C'est un mot merveilleux, fit Orne. *Chiranachuruso.*

— Dans notre langue, cela signifie « Les Limbes de la Victoire », dit Tanub. Nous continuerons au clair de *Chiranachuruso.*

Orne se tourna vers Tanub.

— Vous voulez dire que vous pouvez voir avec le peu de lumière qui traverse ces arbres ?

— Pas vous ? demanda Tanub.

— Pas sans les phares.

— Nos yeux diffèrent, constata Tanub.

Il se pencha vers Orne et étudia ses yeux. Les fentes verticales des pupilles du Gienahn se dilatèrent.

— Vous êtes de la même race que... que les autres.

— Oh ! ceux du Delphinus ?

— Oui.

Orne se contraignit à garder le silence. Il aurait voulu poser des questions sur le Delphinus, mais il avait conscience de se trouver en terrain délicat. Ils en savaient si peu sur les Gienahns. Quel était leur mode de reproduction ? Leur religion ? Il semblait évident que Stetson et les autres officiels derrière lui ne s'attendaient nullement à la réussite de cette mission. Pour eux, Orne n'était qu'une tentative de la dernière chance, un pion prêt à être sacrifié.

Orne fut soudain envahi d'un sentiment de sympathie pour les Gienahns. Tanub et ses congénères ne tenaient plus leur destin en main. Il reposait sur les décisions d'humains désespérés.

D'humains désespérés, et effrayés, qui avaient grandi à l'ombre des terreurs de la guerre des Marches. Mais ces humains en avaient-ils pour autant le droit de décider de la vie et de la mort d'une espèce tout entière ? Ces Gienahns étaient des créatures pensantes.

Bien qu'il ne se soit jamais considéré lui-même comme particulièrement religieux, Orne éleva une prière silencieuse : « Mahmud, aidez-moi à sauver ces... gens. »

Un calme intérieur déferla en lui, un sentiment de force et de confiance. Il pensa : « Je peux agir sur le cours des événements ! »

L'obscurité, fraîche, balaya la jungle, emportant sur ses ailes le vacarme de la forêt pour déposer un brutal silence. Un mouvement se dessina parmi les Gienahns postés dans les arbres et autour du dériveur.

Tanub bougea et grogna.

Le Gienahn qui se tenait sur le chargement sauta à terre.

— Nous partons, maintenant, fit Tanub. Doucement. Restez derrière mes... éclaireurs.

— Bien.

Orne dégagea le dériveur et contourna une grosse racine, observant les silhouettes bondissantes de son escorte, prises dans le faisceau des phares.

Le silence envahit l'habitacle pendant qu'ils poursuivaient leur lente progression.

— Tournez légèrement sur votre droite, dit Tanub, un peu plus tard, indiquant un passage entre les arbres.

Orne s'exécuta. Les formes autour de lui s'élançaient de liane en liane.

— J'ai admiré d'en haut votre ville, fit Orne. Elle est très belle.

— Oui, approuva Tanub. Ceux de votre espèce pensent de même. Pourquoi avez-vous posé votre vaisseau si loin de notre cité ?

— Nous ne voulions pas atterrir à un endroit où nous aurions pu détruire quelque chose.

— Il n'y a rien à détruire dans la jungle, Orne.

— Pourquoi n'avez-vous qu'une seule ville ? demanda Orne.

Silence.

— Je vous ai demandé pourquoi...

— Orne, vous êtes ignorant de nos voies, grogna Tanub. Pour cela, je vous pardonne. La cité est pour notre race, pour notre éternité. Nos jeunes doivent naître à la lumière du soleil. Jadis, il y a très longtemps, nous utilisions de grossières plates-formes au faîte des arbres. Maintenant... seuls les sauvages agissent ainsi.

La voix de Stetson siffla dans les oreilles d'Orne :

— *Doucement sur le chapitre du sexe et de la reproduction. C'est toujours un sujet délicat. Ces créatures sont ovipares. Leurs glandes sexuelles sont apparemment dissimulées sous cette longue fourrure, là où aurait dû se trouver leur menton.*

« Qui décide où les mentons devraient se trouver ? » se demanda Orne.

— Ceux qui contrôlent les sites de naissance contrôlent notre monde, dit Tanub. Jadis, il y avait une autre cité. Nous l'avons détruite, nous avons abattu ses tours, et l'avons envoyée s'écraser dans la fange où la jungle peut réclamer son dû.

— Y a-t-il beaucoup de... sauvages ? demanda Orne.

— Un peu moins chaque saison, répondit Tanub, sûr de lui, avec un rien de gloriole.

— *Voilà d'où viennent leurs esclaves,* intervint Stetson.

— Bientôt, il ne restera plus de sauvages, affirma Tanub.

— Vous parlez un excellent galactique, fit Orne.

— Le Chef du Haut Sentier se doit d'avoir le meilleur professeur, dit Tanub. Est-ce que vous aussi, Orne, savez beaucoup de choses ?

— C'est pour cela que j'ai été envoyé ici, répondit Orne.

— Y a-t-il beaucoup de planètes à instruire ?

— Un très grand nombre, fit Orne. Votre ville... J'ai vu de très hauts bâtiments. En quoi sont-ils fabriqués ?

— Avec ce que dans votre langue vous appelez *verre,* répondit Tanub. Les techniciens du Delphinus ont prétendu que c'était impossible. Comme vous pouvez le constater, ils avaient tort.

La voix de Stetson se matérialisa dans le récepteur greffé sur Orne :

— *Une culture de verriers ! Ça expliquerait beaucoup de choses.*

Le dériveur camouflé en véhicule terrestre poursuivait sa lente progression au travers de la jungle. Orne recensa ce qu'il avait vu et entendu. Des verriers. Chef du Haut Sentier. Yeux aux pupilles fendues verticalement. Une espèce arboricole. Des chasseurs. Des guerriers. Culture esclavagiste. Les jeunes doivent naître à la lumière du soleil. Aspect culturel ou nécessité physiologique ? Ils apprenaient vite. Très vite. Ils n'avaient le Delphinus et son équipage que depuis dix-huit mois standards.

Un éclaireur bondit sur le sol, dans le faisceau des phares. Il fit un geste du bras.

Orne arrêta le dériveur sur l'ordre de Tanub. Ils attendirent près de dix minutes avant de repartir.

— Les sauvages ? demanda Orne.

— Peut-être. Mais nous formons une force trop importante pour qu'ils nous attaquent ; et ils ne possèdent pas de bonnes armes. N'ayez pas peur, Orne.

L'éclat de nombreuses lumières perça le rideau d'arbres géants. L'intensité augmenta comme le véhicule parvenait à la lisière de la jungle et débouchait en terrain découvert. A environ deux kilomètres de là se dressait la ville.

Orne, les yeux levés dans cette direction, fut envahi d'un sentiment de respect mêlé de crainte. Baignées par le clair de lune, les flèches et les spirales de la cité gienahn s'élançaient, plus hautes que les plus hauts des arbres. C'était un délicat lacis de ponts, de colonnes incandescentes et de fugitives taches de lumière. Les ponts se croisaient de colonnes en colonnes dans un réseau si serré qu'il ressemblait à une gigantesque toile d'araignée perlée de rosée.

— Tout cela avec du verre, murmura Orne.

— *Que se passe-t-il ?* demanda Stetson.

Orne posa la main sur sa gorge :

— *Nous venons de sortir de la jungle et nous approchons des premiers bâtiments de la ville. Ils sont magnifiques !*

— *Dommage. Nous devrons probablement tout faire sauter.*

Une imprécation de Chargon vint à l'esprit

d'Orne : « Puisses-tu pousser comme une racine sauvage, la tête enfoncée dans le sol ! »

— Nous sommes assez près, Orne. Arrêtez votre véhicule, ordonna Tanub.

Orne fit brutalement stopper le dériveur. Au clair de lune, il distinguait, tout autour, des Gienahns armés de Mark XX et de grenades. Droit devant, se détachait la base de verre d'un bâtiment cylindrique. Ce socle paraissait encore plus haut que le croiseur lorsqu'il avait atterri dans une clairière de la jungle.

Tanub se pencha par-dessus l'épaule d'Orne.

— Nous ne vous avons pas abusé, n'est-ce pas, Orne ?

Orne sentit son estomac se nouer.

— Que voulez-vous dire ?

L'odeur de fourrure du Gienahn se faisait de plus en plus oppressante.

— Vous avez constaté que nous ne pouvons pas être les produits d'une mutation de votre race.

Des gouttes de sueur perlèrent sur le front d'Orne. La voix de Stetson gronda à ses oreilles :

— *Vous feriez mieux de l'admettre !*

— C'est exact, réussit à articuler Orne.

— Je vous aime bien, Orne, fit Tanub. Vous serez l'un de mes esclaves. Je vous donnerai les plus belles femelles du Delphinus et vous m'enseignerez beaucoup de choses.

— Comment avez-vous capturé le Delphinus ? demanda Orne.

— Comment savez-vous cela ?

Tanub se recula et Orne vit le canon du fusil braqué sur lui.

— Vous possédez un de leurs fusils, répondit Orne. Nous n'avons pas pour habitude de les distribuer. Notre but est au contraire de réduire le nombre des armes dans toute la...

— Pauvres créatures rampantes, fit Tanub. Vous n'êtes pas de taille à lutter contre nous. Nous empruntons le Haut Sentier. Notre vaillance est grande. Nous surpassons en habileté toutes les autres espèces. Nous vous asservirons.

— Comment vous êtes-vous emparés du Delphinus ?

— Ha ! Ils ont amené leur vaisseau à notre portée parce qu'il avait de très mauvais tubes à incandescence. Nous leur avons dit, et c'est la vérité, que nous pouvions améliorer ces tubes. Les céramiques que votre race fabrique sont très inférieures aux nôtres.

Orne étudia Tanub à la faible lumière de l'habitacle.

— Tanub, avez-vous entendu parler de l'I.N. ?

— L'I.N. ! Ceux qui sont chargés de l'investigation et de la normalisation lorsque d'autres commettent des erreurs. Son existence même est l'aveu de votre faiblesse. Vous faites des erreurs !

— Beaucoup de gens font des erreurs, fit Orne.

Une certaine tension se manifesta chez le Gienahn. Sa bouche s'ouvrit pour révéler les longues canines.

— Vous vous êtes emparés du Delphinus par surprise ? demanda Orne.

La voix de Stetson, portée par l'onde sonore, parvint aux oreilles d'Orne :

— *Ne le provoquez pas !*

Tanub répondit :

— Ceux du Delphinus sont de pauvres imbéciles. Nous sommes plus petits que ceux de votre race ; ils nous ont crus plus faibles. (Le canon du Mark XX vint pointer sur le ventre d'Orne.) Vous allez répondre à cette question : pourquoi parlez-vous de l'I.N. ?

— J'appartiens à l'I.N., dit Orne. Je suis venu ici pour trouver où vous avez caché le Delphinus.

— Vous êtes venu pour mourir, répliqua Tanub. Nous avons dissimulé votre vaisseau à l'endroit qui nous convient le mieux. De toute notre histoire, il n'y a jamais eu de meilleur emplacement pour nous tapir en attendant de bondir.

— Vous ne voyez pas d'autre solution que l'attaque ? demanda Orne.

— Dans la jungle, le fort tue le faible, jusqu'à ce que seul le fort subsiste.

— Puis le fort combat le fort, conclut Orne.

— C'est une argutie de faible !

— Ou de ceux qui ont vu votre type de raisonnement rendre des mondes entiers impropres à toute forme de vie, des mondes où il ne restait plus rien, pour le fort comme pour le faible.

— D'ici l'une de vos années, Orne, nous serons prêts. Nous verrons alors lequel de nous deux a raison.

— Il est regrettable que vous pensiez ainsi, Tanub, dit Orne. Lorsque deux cultures comme les nôtres se rencontrent, elles devraient s'aider mutuellement. Chacune y gagne. Qu'avez-vous fait de l'équipage du Delphinus ?

— Ils sont nos esclaves, répondit Tanub. Du moins ceux qui sont encore en vie. Certains ont résisté. D'autres ont refusé de nous enseigner ce que nous devons savoir. (Le Mark XX se dirigea sur la tête d'Orne.) Vous ne serez pas assez stupide pour refuser, n'est-ce pas, Orne ?

— Je n'ai aucune raison de me montrer stupide, fit Orne. Nous, à l'I.N., sommes aussi des professeurs. Nous donnons des leçons aux peuples qui commettent des erreurs. Et vous avez commis une erreur, Tanub. Vous m'avez dit où vous avez caché le Delphinus.

— *Allez-y, mon petit !* hurla Stetson. *Où est-il ?*

— Impossible ! gronda Tanub.

Le canon du fusil restait braqué sur la tête d'Orne.

— Il est sur votre lune, affirma Orne. Sur la face cachée. Il est sur une montagne de la face cachée de votre lune.

Les pupilles de Tanub se dilatèrent, puis se contractèrent.

— Vous lisez dans les esprits ?

— L'I.N. n'a pas besoin de lire dans les esprits. Nous nous reposons sur une agilité mentale supérieure, et sur les erreurs des autres.

— *Deux avisos de combat viennent de partir,* siffla la voix de Stetson. *Nous venons vous récupérer. Je voudrais bien savoir comment vous avez découvert ça.*

— Vous êtes faible et stupide, comme les autres, fit Tahub d'un ton grinçant.

— Il est dommage que votre opinion sur notre race se soit faite en étudiant les grades inférieurs du R.R., dit Orne.

— *Doucement, doucement,* avertit Stetson. *Ne déclenchez pas la bagarre maintenant. Souvenez-vous qu'il est arboricole et probablement aussi fort qu'un gorille.*

— Pauvre esclave rampant, cracha Tanub. Je pourrais vous tuer sur place.

— Si vous le faites, vous condamnez votre planète entière, le prévint Orne. Je ne suis pas seul, Tanub. D'autres écoutent chaque parole que nous échangeons. Il y a au-dessus de nous un vaisseau qui peut faire éclater votre planète avec une seule bombe, la réduire en une immense coulée de lave. Votre planète fondra comme le verre de vos constructions. Gienahn ne sera plus qu'un énorme bloc de céramique.

— Vous mentez ! gronda Tanub.

— Je vais vous faire une proposition, dit Orne. Nous ne souhaitons pas vous exterminer. Nous ne le ferons pas, à moins que vous ne nous y obligiez. Nous vous proposons une adhésion limitée à la Fédération galactique, jusqu'à ce que vous ayez démontré que vous ne constituez pas une menace pour les autres...

— Vous osez m'insulter ! rugit Tanub.

— Vous feriez mieux de me croire, fit Orne. Nous...

Il fut interrompu par la voix de Stetson.

— *Nous l'avons, Orne ! Ils ont caché le Delphinus dans une étroite vallée montagneuse, juste où vous l'aviez dit. Ils ont détruit tous les tubes. Nous sommes en train de nettoyer le terrain.*

— C'est ainsi, Tanub, dit Orne. Nous avons déjà repris le Delphinus.

Tanub leva les yeux vers le ciel, puis reporta son attention sur Orne.

— C'est impossible. Nous avons votre matériel de communication et il n'y a eu aucun signal. Les lumières de notre cité brillent encore et vous ne...

— Vous ne possédez que le matériel inférieur du R.R., le coupa Orne. Pas celui que nous utilisons à l'I.N. Vos congénères, là-haut, ont gardé le silence jusqu'à ce qu'il soit trop tard. C'est leur façon d'agir, pas...

Stetson demanda :

— *Comment savez-vous ça ?*

Orne ignora la question et dit à Tanub :

— A l'exception de l'armement dont vous vous êtes emparés, vous n'avez de toute évidence pas les moyens de vous opposer à nous. Sinon, vous ne porteriez pas ce fusil provenant du Delphinus.

— Si cela est exact, alors nous mourrons bravement, fit Tanub.

— Ce ne sera pas nécessaire. Nous ne voulons pas...

— Je ne peux pas courir le risque que vous mentiez, l'interrompit Tanub. Je dois vous tuer.

Le pied d'Orne enfonça la pédale de contrôle du dériveur aérien. L'engin décolla comme une flèche, à la verticale, la force d'accélération collant les occupants à leurs sièges. Le fusil s'était plaqué sur les genoux de Tanub. Il lutta pour le dégager.

Mais, pour Orne, la pesanteur n'était qu'environ deux fois celle de sa planète natale, Chargon. Il avança la main, arracha l'arme du poing de Tanub, trouva les ceintures de sécurité et s'en servit pour ligoter le Gienahn. Puis il réduisit l'accélération.

Tanub le regardait fixement, les crocs dénudés par la peur.

— Nous n'avons pas besoin d'esclaves, dit Orne. Nous avons des machines pour faire la plupart de nos travaux. Nous enverrons des experts ici, ils vous apprendront à vivre en meilleur équilibre avec votre environnement, à construire un bon réseau de transport, à extraire vos minéraux, à...

— Et que devrons-nous faire en retour ? murmura Tanub.

Il donnait l'impression d'avoir été dompté par la force d'Orne.

— Vous pourriez commencer par nous apprendre à fabriquer d'excellentes céramiques, répondit Orne.

Tout en parlant, une série d'images traversait son esprit : la fonction préservatrice de paix d'une place de marché, la déspécialisation délibérée de l'industrie avec un village fabriquant la cognée et un autre le manche, la sécurité psychologique des guildes et des castes...

Puis, comme après réflexion, il ajouta :

— J'espère que vous avez les mêmes vues que nous. Nous ne voulons vraiment pas avoir à vous balayer, bien que nous sachions à présent que nous le pouvons. Cela nous ennuierait profondément d'avoir à détruire votre ville et vous renvoyer dans la jungle, à la recherche de lieux où faire naître vos enfants.

Tanub s'affaissa.

— La cité, murmura-t-il.

Tanub s'affaissa.

— La cité, murmura-t-il.

Puis, après quelques secondes de silence, il ajouta :

— Ramenez-moi à mon peuple. Je vais soumettre ce que j'ai appris à... notre... conseil. (Il regarda Orne ; et il y avait du respect dans ses yeux.) Vous, hommes de l'I.N., êtes puissants..., trop puissants. Nous ne soupçonnions pas cela.

Parce que les premières manifestations Psi qui ont touché l'humanité venaient de l'inconnu, les associations émotionnelles primitives liées à Psi furent celles de la peur et de la projection māyā des fausses réalités, celles des incubes et des succubes, des sorciers et des sabbats. Ces associations appartiennent à notre capital génétique, et notre espèce a une forte propension à renouveler les erreurs du passé.

HALMYRACH,
Prieur d'Amel.
(Psi et Religion.)

Le carré des officiers du croiseur de reconnaissance était une pièce aux lumières tamisées. Des fauteuils confortables étaient disposés autour d'une table basse sur laquelle se trouvaient des verres de cristalate et une carafe de Brandy brun d'Hochar.

Orne leva son verre, but une gorgée de liqueur puis dit :

— Un instant, sur Gienah, j'ai pensé que je n'aurais plus jamais l'occasion de goûter quoi que ce soit d'aussi bon.

Stetson se versa un verre d'alcool, puis il parla à son tour :

— ComOg a pu tout entendre grâce au réseau de communication. Savez-vous que vous avez été nommé agent-officier ?

— Ils ont enfin reconnu ma valeur, ironisa Orne.

Pendant qu'il prononçait ces mots, il fut troublé par le ton léger de la phrase. Il essaya de recapturer une image qui le fuyait, un souvenir lié à une horticulture primitive, des outils...

Un sourire de carnassier éclata sur les traits lourds de Stetson :

— Les agents-officiers durent à peu près moitié moins que les cadets. Très haute mortalité.

— J'aurais dû le savoir, fit Orne.

Il but une nouvelle gorgée de brandy, ses pensées dirigées vers l'avenir des Gienahns, des Hamalites. Occupation militaire. Peu importait qu'on l'appelât une nécessité de l'I.N., une surveillance préventive, ce n'en était pas moins une contrainte-par-la-force.

Stetson brancha le système d'enregistrement du croiseur, puis annonça :

— Allons-y, pour la postérité.

— Par où voulez-vous que je commence ?

— Qui vous a autorisé à offrir aux Gienahns une adhésion limitée à la Fédération galactique ?

— Sur le moment, cela m'a semblé une bonne idée.

— Mais des cadets ne font pas de telles propositions.

— ComOg y voit une objection ?

— ComOg m'a autorisé à le leur proposer quand vous vous êtes emparé du fusil. Ils étaient loin d'être à votre merci, n'est-ce pas ?

— Effectivement.

— Dites-moi. Orne, comment êtes-vous tombé sur l'endroit où ils avaient dissimulé le Delphinus? Nous avions déjà fait un examen rapide de la lune, et il paraissait impossible qu'ils essaient de le cacher là-haut.

— Il fallait que ce soit là. Le mot que Tanub a utilisé pour nommer son peuple était *Grazzi*. La plupart des êtres pensants se désignent par un terme signifiant « Le Peuple ». Mais, dans sa langue, cela se dit *Ocheero*. *Grazzi* ne figurait pas sur nos listes de traduction. J'ai commencé à travailler là-dessus. Il devait y avoir sur cette planète un concept de superstructure en relation directe avec la forme animale, avec les caractéristiques animales, comme c'est le cas pour nous. J'ai senti que si je parvenais à saisir les modèles conceptuels de leur communication je tiendrais la solution. J'ai réfléchi sous la pression d'une situation de vie ou de mort, et, chose étrange, c'étaient leurs vies et leurs morts qui me préoccupaient.

— Très bien, très bien, mais continuez, fit Stetson.

— Pas si vite, le reprit Orne. Restons en terrain solide. Bien, à ce moment, j'en savais déjà pas mal sur les Gienahns. Ils avaient des ennemis sauvages dans la jungle, des créatures qui leur ressemblaient beaucoup et qui vivaient dans une liberté peut-être enviable. *Grazzi. Grazzi.* Je me demandai s'il ne s'agissait pas d'un mot emprunté à un autre langage. Et si cela signifiait « ennemi »?

— Je ne vois pas où tout cela nous mène, fit Stetson.

— Cela nous mène au Delphinus.

— Quoi!... c'est ce simple mot qui vous a fait découvrir où était le Delphinus?

— Non, mais il s'accordait au schéma global des Gienahns. J'avais pensé, dès le premier contact, que les Gienahns pouvaient avoir une culture semblable à celle des Indiens de l'ancienne Terra.

— Vous voulez dire, avec des castes, le culte du mal, ce genre de choses ?

— Non, pas ces Indiens-là. Les Amérindiens, les aborigènes de la sauvage Amérique.

— Qu'est-ce qui vous a fait soupçonner cela ?

— Ils sont arrivés comme une bande de guerriers primitifs. Le chef a bondi droit sur le capot du rotor de mon dériveur. C'était un acte de bravoure, une provocation en somme.

— Une provocation ?

— Oui. Une forme de défi qui plonge le provocateur dans un péril immédiat, et qui devait contribuer à me faire paraître stupide.

— Je ne vous suis plus, Orne.

— Un peu de patience, nous allons y venir.

— A la façon dont vous avez appris où ils avaient caché le Delphinus ?

— Bien sûr. Voyez-vous, ce chef, Tanub, s'est immédiatement présenté comme « Chef du Haut Sentier ». Ce n'était pas non plus sur nos listes de traduction. Mais c'était facile à deviner : *Chef du Haut Sentier de la Guerre.*

— Bien, bien, mais où tout cela...

— Nous y arrivons, Stet. Maintenant, que savions-nous d'eux à ce moment ? Culture de verniers. Et tout concordait à démontrer qu'ils venaient juste d'émerger d'une culture primitive. Ils se sont mis entre nos mains à l'instant où ils nous ont appris combien vulnérable était leur espèce, sa survie dépendant de cette haute cité baignée par les rayons du soleil.

— Oui, nous avions noté cela. Nous pouvions ainsi les contrôler.

— Je n'aime pas le mot contrôler, Stet. Mais laissons cela de côté pour l'instant. Vous voulez savoir quels sont les indices que j'ai puisés dans leur forme animale, leur langage, et tout le reste. Très bien : Tanub a dit que sa lune s'appelait *Chiranachuruso*. Traduction : « Les Limbes de la Victoire ». Lorsque j'eus cet élément, tout s'emboîtait parfaitement.

— Je ne vois pas comment.

— Les pupilles fendues verticalement.

— Qu'est-ce que cela signifie ?

— Cela signifie : prédateurs nocturnes, habitués à se laisser tomber d'en haut sur leurs proies. Aucun autre type de créature n'a jamais eu de fentes verticales dans les organes de la vision. Et Tanub a affirmé que le Delphinus était caché dans le meilleur endroit de toute leur histoire. Partant de là, la cachette devait se trouver quelque part en hauteur, très haut. Sombre, aussi. Mettez tout cela ensemble ; un haut lieu sur la face sombre de *Chiranachuruso*, sur « Les Limbes de la Victoire ».

— Je ne suis qu'un *greepus* ivre, murmura Stetson.

Orne lui adressa un sourire sarcastique :

— Je me permettrai de ne pas être d'accord avec vous... monsieur. Si je vous disais ce que je pense, vous pourriez effectivement vous transformez en *greepus*. Mais, pour le moment, j'ai eu assez d'associés non humains.

« C'est à travers la mort que l'on connaît la vie », affirma le Prieur. « Sans la constante présence de la mort, il ne peut y avoir ni vigilance, ni suprématie de la conscience, ni issue dans le labyrinthe des symboles pour le vide intégral. »

ROYALI :
La Religion pour Tous.
(Entretiens avec le Prieur.)

On l'appela l'incident de Sheleb, et l'I.N. pouvait s'estimer heureux de n'avoir à déplorer qu'une seule perte. Stetson repensait à cela pendant que son croiseur de reconnaissance ramenait le blessé vers Marak. Une conversation qu'il avait tenue avec cet homme lui revenait sans cesse à l'esprit :

« Les agents-officiers durent à peu près moitié moins que les cadets. Très haute mortalité. »

Stetson lacha un sonore juron *Prjado.*

Les médics avaient déclaré qu'il n'y avait aucun espoir de sauver l'agent arraché aux griffes de

Sheleb. L'homme n'était vivant qu'au sens le plus restreint du terme. La vie et le sens qu'on donnait à ce mot dépendaient entièrement du bioscaphe qui avait pris en charge presque toutes les fonctions vitales.

Le vaisseau de Stetson se dressait dans la lumière du matin sur l'aire des Admissions du Central Médical de Marak. Le blessé était toujours à bord dans l'attente d'être pris en charge par l'hôpital.

Une fiche, sur le bioscaphe, indiquait qu'à l'intérieur gisait le corps brisé d'une créature du nom de Lewis Orne. La photo figurant dans le dossier accroché au cylindre montrait un homme roux, trapu, aux traits asymétriques et à l'épaisse musculature d'un natif d'une planète à forte pesanteur. La chair torturée à l'intérieur du bioscaphe n'avait que peu de ressemblance avec le portrait, mais, même dans cette insensibilité de la mort toute proche, le corps enduit d'onguent d'Orne irradiait une singulière aura.

Chaque fois qu'il s'approchait du bioscaphe, Stetson sentait une force qui émanait de lui, et il se maudissait pour sa faiblesse et ses tendances métaphysiques. Il n'avait à sa disposition aucun système de théories pour expliquer cette impression, et il la chassa de son esprit, se promettant néanmoins de consulter la branche Psi de l'I.N., à *toutes fins utiles*. Il n'y avait là probablement rien d'important..., mais à *toutes fins utiles*... Il y aurait certainement un officier Psi au centre médical.

Une équipe de médics prit livraison du cylindre et d'Orne dès qu'ils eurent reçu l'autorisation des autorités portuaires.

Stetson, encore sous le coup de son chagrin, fut choqué par l'efficacité froide et indifférente avec laquelle travaillait l'équipe médicales. De toute évidence, ils acceptaient le patient plus comme une curiosité que comme un malade. Le chef de l'équipe, signant la prise en charge, nota qu'Orne avait perdu un œil, tout le cuir chevelu de ce côté de la tête (le côté gauche, comme c'était indiqué sur le dossier), qu'il avait souffert d'un arrêt total des fonctions pulmonaires et rénales, qu'il lui manquait treize centimètres au fémur droit, trois doigts à la main gauche, environ cent centimètres carrés de peau sur le dos et la cuisse, et également la rotule gauche ainsi qu'une section de mâchoire et les dents sur le côté gauche.

Les instruments du bioscaphe précisaient qu'Orne était en état de choc terminal depuis un peu plus de cent quatre-vingt-dix heures.

— Pourquoi vous inquiétez-vous tant pour ce cas ? demanda un médic à Stetson.

— Mais parce qu'il est vivant !

Le médic montra un indicateur sur le bioscaphe :

— Le tonus vital de ce patient est trop bas pour permettre le remplacement des organes endommagés ou pour supporter le flot d'énergie nécessaire à leur régénération. Il vivra quelque temps grâce aux instruments, mais...

L'homme haussa les épaules.

— Mais il est vivant ! insista Stetson.

— Et nous pouvons toujours prier pour qu'un miracle intervienne, fit le médic.

Stetson lui lança un regard noir, se demandant si cette remarque était ironique, mais le médic était déjà penché sur le petit hublot d'observation du bioscaphe.

Il se redressa quelques instants plus tard et secoua la tête.

— Nous ferons bien entendu tout notre possible, conclut-il.

Ils chargèrent le cylindre sur un dériveur de l'hôpital, puis partirent en direction de l'un des monolithes gris qui bordaient l'aire d'atterrissage.

Stetson retourna dans sa cabine du croiseur. Ses épaules, encore plus voûtées que d'habitude, accentuaient sa démarche traînante. Ses traits lourds étaient creusés par de profondes rides de chagrin. Il se laissa tomber dans le fauteuil de son bureau, puis tourna la tête vers le hublot ouvert à côté de lui. Quelque quatre cents mètres plus bas, l'activité fourmillante du port principal dégageait un concert dissonant de grondements et de cliquetis. Deux rangées d'autres croiseurs de reconnaissance étaient alignées, flèches rouges et noires brillant dans les rayons du soleil, juste à l'extérieur de l'aire d'admission médicale. Le contrôle au sol s'apprêtait, entre autres, à transférer son croiseur près des vaisseaux en attente.

« Combien d'entre eux s'arrêtent-ils d'abord ici pour déposer leurs blessés ? » se demanda Stetson.

Cela l'ennuyait de ne pas posséder cette information. Il avait les yeux fixés sur les autres vaisseaux, mais ne les voyait pas vraiment, ne voyant que les chairs déchiquetées, les sillons sanglants creusés dans le corps d'Orne tel qu'il était lorsqu'il fut transféré du sol rasé de Sheleb au bioscaphe.

Il pensa : « Cela arrive toujours au cours d'une mission de routine. Nous n'avions que de très vagues soupçons au sujet de Sheleb : le fait que seules les femmes occupaient les postes importants. Un fait simple, mais inexpliqué. Et j'ai perdu l'un de mes meilleurs agents. »

Il soupira, se pencha sur son bureau et commença son rapport :

Le noyau militant sur la planète Sheleb a été éliminé. (Quel sanglant gâchis !). *La Force d'occupation est sur place* (Orne avait raison à propos des forces d'occupation : pour chaque bonne action, elles en engendrent une mauvaise !) *Plus de danger à attendre de cette source pour la paix galactique* (Que pourrait encore faire une population démoralisée, brisée ?)

Motif de l'Opération : (quelle connerie !) *le R.R.,*

après deux mois de contact avec Sheleb, n'avait pas détecté de signes militaristes.

Indices majeurs : (qu'ils aillent au diable !)

1. *Une caste dirigeante uniquement composée de femmes.*

2. *Disparité entre le nombre et les activités mâles/femelles* très *au-delà de la norme de Lutig !*

3. *Le syndrome intégral secret/hiérarchie/contrainte/sécurité.*

L'Agent-Officier Lewis Orne a découvert que la caste dirigeante contrôlait le sexe des enfants à la conception (voir détails ci-joints) et qu'elle avait levé une armée d'esclaves mâles pour maintenir sa loi. L'envoyé du R.R. a dû livrer toutes les informations en sa possession, puis il a été remplacé par un double et exécuté. Des armes construites grâce à cette action de traîtrise ont été utilisées contre l'Agent-Officier Lewis Orne, lui occasionnant des blessures très graves auxquelles on ne pense pas qu'il survivra. Par le présent rapport, je recommande que la Médaille Galactique soit décernée à Lewis Orne et que son nom soit ajouté à la liste de ceux qui sont morts pour la Galaxie.

Stetson repoussa le rapport. C'était suffisant pour ComOg. Le commandant des opérations galactiques ne s'arrêtait jamais sur les détails. Les subtilités étaient destinées à ses adjoints, et cela pouvait attendre. Stetson pressa une touche de son unité de communication pour demander le dossier d'Orne, se préparant à la tâche qu'il haïssait le plus : avertir les proches.

Il étudia le dossier, les sourcils froncés :

Planète natale : Chargon. En cas d'accident ou de mort, prévenir : Mme Victoria Orne, sa mère.

Il feuilleta le document, ne pouvant se résoudre à envoyer le message détesté. Orne s'était enrôlé dans les marines de la Fédération à l'âge de dix-sept années standards (il s'était enfui de chez lui) et sa mère avait donné son consentement rétroactif. Deux ans plus tard : bourse d'étude pour Uni-Galacta, l'école du R.R., ici sur Marak. Cinq ans d'étude, une mission pour le R.R. à son actif, puis il avait été engagé par l'I.N. à la suite d'une remarquable détection de militarisme sur Hamal. Deux ans plus tard..., une bioscaphe !

Brusquement, Stetson lança le dossier à travers la pièce, vers le mur de métal gris qui lui faisait face. Puis il se leva, ramassa le document et le reposa sur le bureau. Ses yeux étaient pleins de larmes. Il appuya sur la touche appropriée de communicateur, dicta le message au Secrétariat central, demandant qu'il soit expédié avec une Priorité n° 1. Puis, seul, il se saoula au brandy d'Hochar, la boisson favorite d'Orne.

Le lendemain matin, une réponse arriva de Chargon : *Mère de Lewis Orne trop malade pour être avertie ou pour effectuer le voyage. Sœurs d'Orne prévenues. Prière demander à Mme Ipscott Bullone de Marak, épouse du Haut-Commissaire, de représenter la famille.* C'était signé : *Madrena Orne Standish ; sœur de Lewis.*

Avec quelque inquiétude, Stetson appela la Résidence, demandant Ipscott Bullone, chef du parti majoritaire de l'Assemblée de la Fédération. Mme Bullone prit la communication avec un écran vierge ; en fond sonore, on entendait un bruit d'eau qui coule.

Stetson avait les yeux fixés sur les raies grisâtres de l'écran de son bureau. Il avait horreur des écrans vierges. Il avait mal à la tête, par suite d'un abus de brandy, et son estomac lui soufflait que c'était un appel ridicule. Ce ne pouvait être qu'une erreur.

Une voix de baryton s'éleva du haut-parleur derrière l'écran :

— Ici, Polly Bullone.

Stetson fit taire son estomac, se présenta et répéta le message reçu de Chargon.

— Le fils de Victoria mourant? Ici? Oh! le pauvre petit! Et Madrena qui est repartie sur Chargon... L'élection. Oh! oui, bien sûr, je pars tout de suite pour l'hôpital.

Stetson lui adressa ses remerciements, puis coupa la communication. Il se radossa, perplexe. « *La femme du Haut-Commissaire!* » Il en restait abasourdi. Mais quelque chose ne collait pas. Cela lui revint brutalement à l'esprit : « *Le Premier-Contact! Hamal! Un idiot du nom d'André Bullone!* »

Utilisant son brouilleur, Stetson demanda le rapport complémentaire sur Hamal, et y découvrit qu'André Bullone était un neveu du Haut-Commissaire. Décidément, le népotisme commençait dès les sphères les plus élevées. Mais Orne se semblait pas avoir bénéficié de tels appuis. Une fugue d'adolescence. Brillant, motivé. Orne avait affirmé n'avoir aucune connaissance d'un lien quelconque entre André Bullone et le Haut-Commissaire.

« *Et il avait dit la vérité,* pensa Stetson. *Orne ignorait vraiment cette parenté.* »

Stetson poursuivit l'examen du dossier. « *Quel gâchis!* » Le neveu avait été muté à un poste obscur, perdu dans les dédales de la bureaucratie : correcteur-adaptateur de rapport. A côté de l'avis de mutation, il y avait un large trait vert indiquant des *pressions venues de haut.*

Et maintenant, un lien familial entre Orne et les Bullone.

Toujours perplexe, mais incapable de résoudre cette énigme, Stetson se servit à nouveau de son brouilleur pour envoyer une note personnelle à ComOg, puis il se tourna vers la liste marquée *Urgent* au-dessus du classeur des affaires en cours.

Au fur et à mesure que le glossaire mythologique définit notre compréhension primaire de Psi, une transformation s'opère. Du grimoire se dégagent la curiosité et le glissement de la peur vers l'expérience. Les hommes osent alors explorer cette terrifiante frontière avec les outils analytiques de l'esprit. De ces tâtonnements encore très largement naïfs découlent les premiers manuels pragmatiques à partir desquels nous développons parallèlement Psi et la Religion.

HALMYRACH,
Prieur d'Amel.
(Psi et Religion.)

Au centre médical de l'I.N., le bioscaphe cylindrique contenant le corps torturé d'Orne était suspendu par des crochets au plafond d'une chambre individuelle. La pièce sombre, d'une teinte vert pâle, bourdonnait de bruits divers, explosions rythmées, soupirs et claquements. De temps à autre, une porte s'ouvrait doucement et une silhouette vêtue de blanc pénétrait, vérifiait les diagrammes émis par les instruments du bioscaphe, examinait les connections vitales, puis repartait.

Selon le délicat euphémisme médical, Orne était dans un état stationnaire.

Il était devenu le principal sujet de conversation des internes pendant leur période de repos : « Cet agent qui a été blessé sur Sheleb, eh bien, il est toujours vivant. Mon vieux, ces types ne doivent pas être fabriqués comme nous !... Vraiment. Il ne lui resterait plus qu'un huitième de ses organes, le foie, les reins, l'estomac, tout est parti. Je parie qu'il ne finira pas le mois... Ce vieux Tavish, lui qui misait toujours sur des coups sûrs ! »

Au matin du quatre-vingt-huitième jour d'Orne dans le bioscaphe, l'infirmière de jour entra dans sa chambre pour sa première visite de routine. Elle souleva le hublot d'observation et se pencha sur Orne. C'était une véritable professionnelle, grande, au visage émacié, et qui avait appris à accueillir les miracles et les échecs avec le même manque d'expression. Elle n'était là que pour observer. Sa rencontre quotidienne avec l'agent de l'I.N. mourant (ou déjà mort) avait endormi sa vigilance, et la laissant psychologiquement inapte à faire face à quoi que ce fût d'autre que la fin de son patient.

« Cela ne tardera plus, maintenant. Mon pauvre vieux », pensait-elle.

Orne ouvrit le seul œil qui lui restait, et la femme se figea, tandis qu'il prononçait dans un souffle :

— Ont-ils foutu une raclée à ces dames de Sheleb ?

— Oui, monsieur ! lâcha l'infirmière. Pour ça, oui, monsieur !

— Encore un beau gâchis, fit Orne.

Il referma son œil unique. Son simulateur de respiration s'accéléra et la demande cardiaque augmenta.

Frénétiquement, l'infirmière sonna les médecins.

Une partie de notre problème est centré sur l'effort d'introduire un contrôle extérieur pour un système-de-systèmes qui doit être maintenu par des forces internes en équilibre. Nous ne cherchons ni à reconnaître ni à nous interdire d'inhiber ces systèmes autorégulateurs de nos espèces desquels dépend la survie de ces espèces. Nous ne tenons pas compte de nos propres fonctions de rétroaction.

LEWIS ORNE.
(Réflexions sur Hamal.)

Pour Lewis Orne, il y eut une période indéterminée de brouillard cotonneux, puis un temps pour la souffrance, et un temps pour la prise de conscience progressive de sa présence dans un bioscaphe. Il fallait qu'il y soit. Il se souvenait de l'éclat brutal de l'explosion sur Sheleb..., une force silencieuse lancée contre lui, pas le moindre bruit, seule le néant qui l'enveloppait.

Le bioscaphe ! Il s'y sentait en sécurité, protégé des dangers extérieurs. Mais en lui la vie continuait. Il se souvenait... *des rêves ?* Il n'était pas certain que ce fussent vraiment des rêves. Quelque chose au sujet de manches et de cognées. Il s'efforça de retenir cette image qui lui échappait. Il était conscient des liens qui le retenaient au bioscaphe, et, au-delà, d'une connection avec un espèce de système de manipulation, impitoyable, une *action de masse* qui réduisait toute existence à un niveau de base.

« Est-il possible que l'Homme ait inventé la guerre et qu'il se soit trouvé pris au piège de sa propre invention ? se demandait Orne. Qui sommes-nous à l'I.N. pour nous constituer en flottille d'anges et intervenir dans les affaires de toute vie pensante que nous contactons ? Se pourrait-il que nous subissions l'influence de notre univers selon des schémas difficiles à percevoir ? »

Il sentit bouillonner sa conscience/cerveau/esprit, et visualisa toute cette activité sous la forme d'un bizarre outil symbolisant les courants et les désirs énergétiques de toute vie. Et quelque part, au fond de lui, il détecta une fonction ancienne, la présence de tendances archaïques qui restaient constantes en dépit des stades de l'évolution qu'elles avaient traversés.

Et soudain, il eut conscience de se trouver en face d'une irrésistible pensée/présence : « L'effort le plus malencontreux de l'être pensant réside dans la tentative d'altération du passé, de l'élimination des antinomies, et dans son insistance à imposer aux autres le bonheur, à n'importe quel prix. Ne pas faire le mal est une chose. Concevoir et ordonner le bonheur pour les autres et en faire respecter l'application induit une réaction semblable/contraire. »

Orne dériva lentement vers le sommeil, la spirale de cette pensée se déroulant et se tordant au sein de sa conscience.

L'être humain fonctionne à partir de complexes exigences de supériorité, cherchant à s'affirmer au travers d'un rituel, insistant sur un besoin rationnel d'apprendre, s'efforçant d'atteindre des buts qu'il s'est lui-même fixés, manipulant son environnement tandis qu'il nie ses propres facultés d'adaptation, jamais pleinement satisfaites.

Conférences
D'HALMYRACH.
(Publication privée
des dossiers d'Amel.)

Orne commença à montrer des signes légers mais réguliers, de guérison. Après un mois, les médics se risquèrent à un transplant intestinal qui accrut son coefficient de réponse. Deux mois plus tard, ils le placèrent sous règime *atlotl/gibiril*, provoquant le transfert d'énergie nécessaire à la régénération de son œil perdu, de ses doigts, de son cuir chevelu, et qui lui permit d'effacer tous les autres dommages externes et internes dont il avait souffert.

Pendant tout ce temps, Orne se retrouva aux prises avec les profondeurs de son âme. Il se sentait étouffé par les structures qu'il avait jadis acceptées, comme s'il avait subi un profond changement qui l'avait détaché à jamais de son corps passé. Tous les postulats de son existence précédente prenaient un caractère flou, dépassionné, et tout à fait opposé aux nouvelles chairs qui croissaient en lui. Il avait la sensation d'avoir été surpris par sa propre mort, et d'avoir accepté le refus global d'une vie qui s'était effondrée comme un château de sable lavé par le flux. Et maintenant il opérait sa reconstruction, n'acceptant délibérément qu'une définition incomplète de l'existence.

« Je suis un, songea-t-il. J'existe. C'est suffisant. Je me suis donné vie. »

Cette pensée se glissa en lui comme une langue de feu qui le déposa à l'entrée de la caverne ancestrale où il avait hiberné. La roue de son destin tournait et il savait qu'elle effectuerait une révolution complète. Il avait conscience d'avoir plongé dans les abysses de l'univers pour découvrir comment tout était fabriqué.

« Plus d'anciens tabous, pensa-t-il. J'ai été à la fois vivant et mort. »

Quatorze mois, onze jours, cinq heures et deux minutes après avoir été ramassé sur Sheleb « à l'article de la mort », Orne sortit de l'hôpital, marchant sur ses deux jambes, accompagné par un Umbo Stetson étrangement silencieux.

Sous la cape bleu nuit de l'I.N., le corps jadis musclé d'Orne semblait flotter dans l'uniforme blanc. La petite lueur malicieuse n'en était pas moins revenue dans ses yeux, même dans son œil régénéré qui était développé en parallèle avec sa nouvelle conscience. Mis à part sa perte de poids, il ressemblait à l'ancien Lewis Orne, du moins suffisamment pour que la plupart de ces relations pussent le reconnaître après quelques moments d'hésitation. Les différences internes ne se décelaient pas au premier regard.

Au-dehors, les nuages obscurcissaient le ciel, filtrant les rayons du soleil vert pâle de Marak. La matinée était avancée. Un vent froid courbait l'herbe de la pelouse et jouait avec les plates-bandes de fleurs exotiques tout autour de l'aire d'atterrissage de l'hôpital.

Orne s'arrêta sur les marches de l'escalier qui surplombait l'aire et il inspira profondément l'air frais du matin.

— Quelle belle journée ! fit-il.

Sa nouvelle rotule lui paraissait étrange, mieux ajustée que l'ancienne. Il avait une conscience aiguë de la présence de tous ses nouveaux organes et du syndrome de regénérescence qui faisait partager par tous les rescapés des bioscaphes l'étiquette ironique de « nouveau-nés ».

Stetson esquissa le geste d'aider Orne à descendre les marches, mais il remit la main dans sa poche. Sous l'attitude de hautaine lassitude du chef de secteur se détectait une note d'anxiété. Ses larges traits étaient barrés de rides soucieuses. Ses paupières tombantes laissaient passer un regard perçant, inquisiteur.

Orne leva les yeux vers le ciel, en direction du sud-ouest.

— La navette ne va pas tarder, fit Stetson.

Une rafale de vent enfla la cape d'Orne. Il tituba, puis reprit son équilibre.

— Je me sens vraiment bien, dit-il.

— Vous ressemblez à quelqu'un qui revient d'un enterrement, grogna Stetson.

— De mon propre enterrement, fit Orne. (Il sourit.) Et, de toute façon, je commençais à en avoir assez de cette espèce de morgue pour les vivants qu'on appelle un hôpital. Toutes mes infirmières étaient mariées, ou sinon déjà en mains.

— On peut vous faire confiance, j'en mettrais ma tête à couper, marmonna Stetson.

Orne lui jeta un coup d'œil, surpris par cette remarque.

— Quoi ?

— J'en mettrais ma tête à couper, répéta Stetson.

— Non, non, Stet. C'est ma tête qui est sur le billot. J'en ai l'habitude.

Stetson haussa lourdement les épaules.

— Très drôle ! J'ai confiance en vous, mais vous méritez une paisible convalescence.

— Sortez ce que vous avez sur le cœur, dit Orne. Qu'est-ce qui se mijote ?

— Nous n'avons pas le droit de vous charger d'une mission dans de pareilles circonstances, répondit Stetson.

— Stet ? fit Orne d'un ton bas, amusé.

Stetson tourna les yeux vers lui.

— Hein ?

— Gardez vos nobles motivations pour ceux qui ne vous connaissent pas, fit Orne. Vous avez un boulot pour moi. Très bien. Vous avez fait le nécessaire pour apaiser votre conscience.

Stetson réussit à grimacer un sourire.

— Le problème est que nous sommes dans une situation désespérée et que nous n'avons pas beaucoup de temps.

— J'ai déjà entendu cela quelque part, fit Orne. Mais je ne suis pas certain d'avoir envie de rejouer à ces jeux-là. Qu'avez-vous en tête ?

Stetson haussa les épaules.

— Eh bien... Comme de toute façon vous allez être invité chez les Bullone, nous pensions..., eh bien, nous soupçonnons Ipscott Bullone de conspirer pour renverser le gouvernement, et si vous...

— Que voulez-vous dire par *renverser le gouvernement ?* demanda Orne. Le Haut-Commissaire Galactique *est* lui-même le gouvernement, responsable devant la Constitution et les membres de l'Assemblée qui l'ont élu.

— Ce n'est pas ce que je veux dire.

— Alors, quoi ?

— Orne, il se pourrait que nous soyons en face d'une situation explosive qui pourrait nous mener à une nouvelle guerre des Marches. Nous pensons que Bullone en est à l'origine. Nous avons découvert quatre-vingt-une planètes suspectes, toutes avec un passé sans histoire et faisant partie de la Ligue galactique depuis des siècles. Et sur chacune d'entre elles nous avons des raisons de croire qu'il se trouve une bande de traîtres qui a juré d'abattre la Ligue. Même sur votre planète natale, Chargon.

— Sur Chargon ?

Toute l'attitude d'Orne dénotait l'incrédulité.

— Oui, sur Chargon.

Orne secoua la tête.

— Que voulez-vous de moi ? Que je retourne chez moi pour ma convalescence ? Je n'y suis plus revenu depuis l'âge de dix-sept ans, Stet, et je ne suis pas sûr...

— Non, bon sang ! Nous voulons que vous alliez chez les Bullone. Et, à propos, verriez-vous un inconvénient à m'expliquer comment ils furent désignés pour veiller sur vous ?

— C'est étrange, vous savez, fit Orne, se plongeant dans ses souvenirs. Toutes ces petites plaisanteries usées de l'I.N. à propos d'Ipso-Ipscott... Imaginez-vous que sa femme a été à l'école avec ma mère, compagnes de chambre !

— Votre mère n'en avait jamais fait état ?

— Pas que je m'en souvienne.

— L'avez-vous rencontré ? En personne ?

— Il a accompagné plusieurs fois sa femme à l'hôpital. Il m'a fait l'impression d'un assez brave type, quoiqu'un peu guindé et réservé.

Stetson réfléchissait, les lèvres pincées, le regard

tourné vers le sud-ouest. Puis il reporta son attention vers Orne et dit :

— Tous les écoliers savent comment se termina le combat qui opposa les Nathians et la Ligue de Marak au cours de la guerre des Marches, comment l'ancienne civilisation s'écroula. Tout cela semble un peu lointain, maintenant que la Ligue de Marak est devenue la Ligue galactique et que nous essayons de renouer les liens coupés.

— Cinq siècles, c'est long, fit Orne. Si vous voulez bien me pardonner ce lieu commun.

— Ce n'est peut-être pas plus loin qu'hier, répliqua Stetson.

Il se racla la gorge, puis lança à Orne un regard pénétrant.

Orne se demandait pourquoi Stetson s'avançait avec tant de prudence. Que signifiait cette référence aux Nathians et aux Marakians ? Quelque chose, au fond de lui, le troublait. Pourquoi Stetson avait-il parlé de confiance ?

Stetson soupira et détourna les yeux.

Orne déclara :

— Vous avez parlé de me faire confiance. Pourquoi ? Cette conspiration que vous soupçonnez implique-t-elle l'I.N. ?

— Nous le pensons, répondit Stetson.

— Pourquoi ?

— Il y a environ un an, une équipe d'archéologues du R.R. effectuait des fouilles dans les ruines sur Dabih. Tout avait été vitrifié au cours de la guerre des Marches, à l'exception de dossiers provenant d'un avant-poste Nathian.

Il jeta un regard de côté vers Orne.

— Et alors ? demanda Orne, brisant un silence qui se prolongeait.

Stetson hocha pensivement la tête, puis il dit :

— Les types du R.R. ne parvinrent pas à donner de sens à leur découverte, ce qui n'était pas surprenant. Ils appelèrent un cryptanalyste de l'I.N. qui découvrit le code dans lequel les enregistrements avaient été transcrits. Puis, lorsque ce qu'il déchiffrait commença à prendre forme, il pressa le bouton de panique sans référer au R.R.

— Pour quelque chose que les Nathians avaient écrit il y a cinq cents ans ?

Les paupières tombantes de Stetson se soulevèrent, sur des yeux froids, scrutateurs.

— Dabih était un camp d'entraînement, réservé à des éléments choisis parmi les plus puissantes familles nathiannes.

— Un camp d'entraînement ? demanda Orne, surpris.

— Oui, pour réfugiés sélectionnés, précisa Stetson. Une vieille recette, qui a été utilisée le temps que...

— Mais c'était il y a cinq cents ans, Stet !

— Peu m'importe que ce soit même cinq mille ans, jeta Stetson. Nous avons intercepté des brides de messages au cours des derniers mois, et ils étaient rédigés dans le même code. Alors, qu'en dites-vous ? Ça ne vous inquiéterait pas ? (Il secoua la tête.) Et tout ce que nous avons déchiffré avait un rapport avec les élections à venir !

Orne se trouva immédiatement plongé au cœur de l'énigme exposée par Stetson. Il était excité et cherchait une interprétation qui aille dans le sens des directives définies par l'I.N. : prévenir à tout prix une nouvelle guerre des Marches.

— Ces élections sont capitales, dit Stetson.

— Mais il ne reste que deux jours ! s'écria Orne.

Stetson se toucha là tempe, à l'emplacement de son indicateur temporel, attendit un instant pour obtenir la chronosynchronisation, puis annonça :

— Quarante-deux heures, cinquante minutes, pour être exact. C'est le délai qui nous reste.

— Y avait-il des noms sur ces enregistrements de Dabih ? demanda Orne.

Stetson acquiesça :

— Oui, des noms de planètes. Ainsi que des noms de familles, mais qui étaient transcrits dans un nouveau code que nous n'avons pas réussi à déchiffrer et que nous ne déchiffrerons peut-être jamais. Trop simple.

— Qu'entendez-vous par *trop simple ?*

— Ce sont, de toute évidence, des pseudonymes en rapport avec une structure sociale interne, propre aux Nathians. Nous pouvons transcrire en mots les enregistrements de Dabih, mais nous n'arrivons pas à comprendre comment ces mots ont été traduits en pseudonymes. Par exemple, le nom de code sur Chargon était *Vainqueur.* Ça vous dit quelque chose ?

Orne réfléchit :

— Non, fit-il.

— C'est bien ce que je pensais.

— Quel était le nom de code sur Marak ? demanda Orne.

— La *Tête,* répondit Stetson. Y voyez-vous un rapport quelconque avec les Bullone ?

— Je comprends où vous voulez en venir. Mais...

— De toute façon, il est certain qu'ils ont maintenant changé de nom, fit Stetson.

— Peut-être pas, dit Orne. Ils n'ont pas modifié leur code.

Il secoua la tête, essayant de retenir une pensée qui oscillait au seuil de sa conscience. Il n'y parvint pas. Il se sentit soudain épuisé par les efforts qu'il faisait pour suivre les méandres de prudence au fil desquels Stetson levait le voile sur ce complot.

— Vous avez raison, murmura Stetson. Nous allons donc poursuivre dans cette voie. Quelque chose en sortira peut-être.

— Quelles pistes suivez-vous ? demanda Orne.

Il savait que Stetson gardait pour lui une information capitale.

— Des pistes ? Nous sommes retournés à nos livres d'histoires. Ils nous ont appris que les Nathians étaient des politiques de premier ordre. Les enregistrements de Dabih nous ont permis de découvrir quelques faits, juste assez pour piquer notre curiosité et éveiller notre frustration.

— Par exemple ?

— Les Nathians choisissaient les terrains de manœuvres pour l'entraînement de leurs *réfugiés* avec un soin diabolique. Chacun d'eux était une planète si déchirée par les guerres que ses habitants ne demandaient qu'à reconstruire, et surtout à oublier la violence. Les instructions données aux familles de Nathians étaient parfaitement claires : se fondre dans la culture d'adoption, développer les points de faiblesse politique, créer un mouvement clandestin, éduquer leurs descendants en vue de la prise de pouvoir.

— Les Nathians semblent doués de grandes vertus de patience, dit Orne.

— A tous les niveaux, effectivement. Ils ont entrepris de noyauter des civilisations, de transformer leur défaite en victoire.

— Pouvez-vous me rafraîchir la mémoire en ce qui concerne leur histoire ? demanda Orne.

— La branche humaine originelle venait de Nathia II. Leur mythologie les désignait sous le nom d'Arbs ou Ayrbs. Ils avaient des coutumes singulières — des vagabonds de l'espace — mais un solide sens de la famille et de loyauté envers leur peuple. On les disait maussades et inconstants. Allez réviser vos manuels d'histoire, et vous en saurez autant que moi.

— Sur Chargon, fit Orne, nos documents font référence aux Nathians comme à « l'une des factions impliquées dans la guerre des Marches ». J'en ai retiré l'impression qu'ils en partageaient la responsabilité pratiquement au même titre que la Ligue de Marak.

— Il y a des endroits où ces propos pourraient paraître séditieux, dit Stetson.

— Et à vous ? demanda Orne.

— Ce sont toujours les vainqueurs qui écrivent l'histoire, répondit Stetson.

— Sauf peut-être sur Chargon, répliqua Orne. Pourquoi vous acharnez-vous sur le Haut-Commissaire Ipso ? Et, pendant que nous y sommes, pourquoi distribuez-vous vos informations comme un vieil avare de l'argent à un fils prodigue.

Stetson se passa la langue sur les lèvres et répondit :

— L'une des sept filles d'Ipso est actuellement au domicile paternel. Elle s'appelle Diana, et c'est l'une des responsables de l'I.N. féminin.

— Il me semble en avoir entendu parler, fit Orne. Je crois que Mme Bullone a dit qu'elle était à la maison en ce moment.

— Et bien..., l'un de ces messages nathians que nous avons interceptés lui était adressé.

— Pfffffuiiii !

Orne siffla entre ses dents sous le coup de la surprise, puis il ajouta :

— Qui en était l'expéditeur, et quel en était le contenu ?

Stetson se racla la gorge.

— Vous savez, Lew, que nous essayons de faire tous les recoupements possibles.

— Alors, qu'y avait-il de particulier ?

— Ce message était manuscrit et signé MOS.

Comme Stetson se taisait, Orne demanda :

— Et vous savez qui est MOS, c'est bien cela ?

— L'interception d'un message anodin nous a conduit vers un MOS. Nous avons suivi cette piste, confirmée par l'analyse graphologique. Il s'agit de Madrena Orne Standish.

Orne se figea.

— Maddie ?

Il se retourna lentement pour regarder Stetson droit dans les yeux :

— C'était donc cela qui vous tracassait !

— Nous savons avec certitude que vous n'êtes pas revenu chez vous depuis l'âge de dix-sept ans, fit Stetson. Nous pouvons nous fier aux fiches temporelles de votre existence. Pour nous, votre dossier est en ordre. Le problème est...

— Vous permettez, le coupa Orne. Le problème est : vais-je aller contre ma propre sœur si la situation l'exige.

Stetson garda le silence, le regard fixe. Et Orne remarqua que l'homme s'était à présent retranché derrière le masque de l'officier supérieur de l'I.N. ; l'une de ses mains était enfoncée dans une poche de son uniforme. Que contenait-elle ? Un transmetteur ? Une arme ?

— Je sais ce que vous pensez, lui dit Orne. Je me souviens du serment que j'ai prononcé, et je connais mon travail : veiller à ce que nous ne vivions pas une nouvelle explosion, une nouvelle guerre des Marches. Mais Maddie ? Impliquée dans une telle affaire ?

— Il n'y a aucun doute, confirma Stetson d'un ton grinçant.

Orne se plongea dans les souvenirs de son enfance. *Maddie ?* Il se rappelait un garçon manqué, aux cheveux roux, toujours prête à le suivre dans toutes sortes d'aventures, son fidèle allié lorsque les adultes s'avançaient trop avant dans le monde secret des enfants.

— Alors ? le pressa Stetson.

— Ma famille n'est pas l'un de ces clans de traîtres auxquels vous avez fait allusion, fit Orne. Comment Maddie pourrait-elle être mêlée à cela ?

— Toute cette affaire est imbriquée dans la politique, expliqua Stetson. Nous pensons que c'est à cause de son mari.

— Ahhhh ! le Député de Chargon ! s'exclama Orne. Je ne l'ai jamais rencontré, mais j'ai suivi sa carrière avec intérêt... Maddie m'a écrit et m'a envoyé une photo à l'occasion de leur mariage.

— Vous aimez beaucoup votre sœur Maddie ; dit Stetson.

C'était une affirmation, pas une question.

— J'ai... de bons souvenirs, fit Orne. Elle m'a aidé lorsque je me suis enfui.

— Pourquoi avez-vous fait cette fugue ? demanda Stetson.

Orne sentit tout le poids qui reposait derrière cette question, et il fit un effort pour répondre d'un ton neutre :

— C'était une affaire de famille. Je savais ce que je voulais, et ma famille s'y opposait.

— Vous vouliez vous engager dans les marines ?

— Non, ce n'était qu'un moyen pour entrer au R.R. Je n'aime pas la violence. Et je n'aime pas que les femmes décident de ma vie.

Stetson porta son regard vers le sud-ouest où l'on distinguait une navette qui s'approchait. Elle réfléchissait l'éclat vert du soleil. Stetson demanda :

— Etes-vous disposé à... vous infiltrer dans la famille Bullone pour...

— M'infiltrer !

— Pour découvrir ce que vous pourrez sur ce complot centré sur les prochaines élections.

— En quarante-deux heures !

— Peut-être moins.

— Qui sera mon contact ? demanda Orne. Je serai pris au piège, dans la Résidence.

— Ce mini-transmetteur que nous vous avions implanté dans le cou pour votre mission sur Gienah, précisa Stetson. Les médics l'ont remis en place, à ma demande, pendant qu'ils recollaient vos morceaux.

— C'est fort aimable de leur part.

— Il fonctionne, affirma Stetson. Nous entendrons tout ce qui se passera autour de vous.

— Ce qui vous assurera de ma loyauté, ironisa Orne.

Pendant qu'il parlait, il eut le sentiment qu'il lui suffirait de vouloir que le transmetteur quitte sa chair pour qu'il jaillisse de sa peau comme le noyau d'une cerise trop mûre que l'on presse. Il secoua la tête. C'était une pensée ridicule !

— Ce n'est pas pour cette raison qu'il est là, protesta Stetson.

Effrayé de la direction prise par ses pensées, Orne toucha le petite excroissance sur sa gorge et parla subvocalement. Il savait que sa voix chuintante serait captée par un relais de l'I.N. se trouvant quelque part à portée.

— *Hé, vous qui écoutez aux portes ! Soyez attentifs lorsque je jouerai le grand jeu avec cette Diana Bullone. Vous entendez ? Vous apprendrez comment travaille un expert.*

Chose surprenante, ce fut Stetson qui lui répondit :

— Ne prenez pas votre mission trop à cœur, au point d'en oublier la raison de votre présence là-bas.

Ainsi, Stet portait également l'un de ces foutus gadgets.

L'I.N. ne faisait-elle donc plus confiance à personne ?

En termes de systèmes humains, la rétroaction implique de complexes processus inconscients, à la fois dans un sens individuel et dans un sens collectif ou social. Le fait que les individus peuvent être influencés par ces forces inconscientes a été depuis longtemps démontré. Néanmoins, les processus à grande échelle et leur influence sont moins bien connus. Nous sommes enclins à ne les percevoir qu'à l'état latent, dans un sens statistique, au travers de courbes de population, d'évolution historique et de changements qui s'étirent sur des siècles. Nous imputons souvent de tels processus aux forces religieuses et nous avons tendance à éviter de les examiner avec un esprit analytique.

Conférences du Prieur.
(Collection privée.)

Mme Bullone, une femme aux allures de petite souris bien nourrie, se tenait au milieu de la chambre d'amis de la Résidence, mains croisées devant elle sur sa longue robe couleur d'argent mat.

Orne pensa : « Il faut que je me souvienne de l'appeler Polly, comme elle me l'a demandé. »

Elle avait des yeux gris aux reflets modestes, des cheveux de vieille dame, presque blancs, rejetés en arrière et emprisonnés dans un filet orné de perles, et une voix de baryton un peu choquante, sortant d'une bouche minuscule. Ses nombreux mentons semblaient descendre jusqu'à son ventre rebondi et la partie inférieure de son corps tombait avec la rigidité d'une barrique. Sa tête arrivait juste à la hauteur des épaulettes du costume d'Orne.

Elle dit :

— Nous voulons que vous vous sentiez ici comme chez vous, Lewis. Vous devez vous considérer comme un membre de la famille.

Orne parcourut du regard la chambre d'ami des Bullone : un mobilier sobre avec un selectacol démodé pour la modification du schéma des couleurs. Une pola-fenêtre donnait sur une piscine ovale. Le verre (il était certain qu'il s'agissait bien de verre et non d'une substance d'une technologie plus sophistiquée) avait été accordé en bleu nuit, conférant au paysage extérieur une apparence de clair de lune. Contre le mur de droite, il y avait un lit et plusieurs meubles encastrés. Sur la gauche, une porte entrouverte laissait apercevoir les carreaux de la salle de bains. Tout dans cette pièce respirait le confort, le classicisme. Orne se sentait vraiment chez lui, et il le dit :

— Je me sens déjà chez moi ici. Vous savez, votre maison ressemble exactement à la nôtre sur Chargon, telle qu'elle est restée dans mon souvenir. J'ai été très surpris en la découvrant d'en haut lorsque nous sommes arrivés. Le cadre diffère, mais elles sont pratiquement identiques.

— Votre mère et moi avions beaucoup d'idées communes quand nous étions à l'école ensemble, expliqua Polly. Nous étions des amies intimes. Et nous le sommes toujours.

— Il le fallait pour faire tout ce que vous avez fait pour moi, dit Orne, sa propre voix lui donnant un étrange sentiment de détachement.

Une telle banalité ! Une telle hypocrisie ! Mais les mots continuèrent à couler :

— Je ne sais pas comment je pourrai jamais m'acquitter de...

— Ah ! vous voici !

Une profonde voix masculine avait jailli de la porte ouverte derrière Orne. Il se retourna et se trouva face à Ipscott Bullone, Haut-Commissaire de la Ligue, suspecté de conspiration.

Bullone était grand, avec un visage anguleux marqué de rides profondes. Ses yeux noirs brillaient au fond d'orbites ombragées par d'épais sourcils de la même teinte corbeau que ses cheveux savamment ondulés. Il se dégageait de lui une impression de lourde maladresse qui n'était probablement qu'une affectation de politicien.

« Il ne me fait vraiment pas l'effet d'un dictateur ou d'un conspirateur« , pensa Orne.

Bullone s'avança dans la pièce, la remplissant de sa présence et de sa voix :

— Content que vous vous en soyez sorti, mon garçon. J'espère que tout est à votre convenance. Si quelque chose ne vas pas, n'hésitez pas à le dire.

— C'est... parfait, fit Orne.

— Lewis me disait combien notre maison ressemblait à la sienne sur Chargon, intervint Polly.

— Un peu démodée, mais nous l'aimons ainsi, dit Bullone. Je n'apprécie guère la tendance moderne de l'architecture. Trop mécanique. Je me contenterai toujours d'un bon vieux tétragone autour d'un pivot central.

— Vous parlez comme les membres de ma famille, dit Orne.

— Très bien ! Très bien ! Nous gardons d'habitude le salon principal tourné vers le nord-est. Vue sur la capitale, vous comprenez. Mais si vous voulez le soleil, l'ombre ou le vent dans votre chambre, ne vous gênez pas, et orientez la maison à votre gré.

— Merci beaucoup, fit Orne. Sur Chargon nous centrions généralement le salon principal en fonction du vent de la mer. Nous aimons le grand air.

— Nous aussi. Nous aussi. Il faudrait qu'on prenne le temps de s'asseoir tranquillement, entre hommes, et que vous me racontiez ce que vous savez sur Chargon. Ce serait intéressant d'avoir votre point de vue sur la situation là-bas.

— Je pense que Lewis aimerait maintenant qu'on le laissât seul, s'interposa Polly. C'est son premier jour hors de l'hôpital, et nous ne devons pas le fatiguer.

« Elle le met à la porte, pensa Orne. Elle ne lui a pas encore dit que je n'étais pas rentré à la maison depuis l'âge de dix-sept ans.«

Polly se dirigea vers la pola-fenêtre et la régla sur un ton gris neutre, puis elle tourna le selectacol jusqu'à ce que la teinte dominante de la chambre se stabilise sur le vert.

— Voilà, c'est plus reposant, fit-elle. Si vous avez besoin de quoi que ce soit, vous n'avez qu'à sonner, le bouton est là, à côté de votre lit. L'autoservant saura quoi faire, sinon, il saura où nous trouver.

— Nous vous verrons pour le déjeuner, conclut Bullone.

Ils quittèrent la pièce.

Orne s'avança vers la fenêtre et regarda en direction de la piscine. La jeune femme n'avait pas réapparu. Lorsque la navette-limousine pilotée par un chauffeur s'était posée sur l'aire d'aterrissage de la résidence, Orne avait remarqué deux femmes protégées l'une par un parasol et l'autre par un chapeau de soleil conversant ensemble sur le carrelage bleu bordant le bassin. Le parasol abritait Polly Bullone. Quant au chapeau de soleil, il était porté par une jeune femme aux formes agréables, en maillot de bain. Elle s'était précipitée à l'intérieur de la maison dès qu'elle avait aperçu la navette.

Orne se posait des questions au sujet de cette jeune femme. Elle n'était pas plus grande que Polly, mais beaucoup plus mince, avec une chevelure d'un roux doré emprisonnée sous le chapeau de soleil et relevée en un chignon serré. On ne pouvait pas dire qu'elle était belle : un visage trop étroit et assez anguleux comme celui de son père. Les yeux étaient trop grands, mais la bouche était mise en valeur par des lèvres pleines et un menton volontaire. Il émanait d'elle une impression de tranquille assurance. L'ensemble du personnage frappait par son élégance, par sa féminité.

Tel était donc l'objet de sa mission : Diana Bullone. Où était-elle allée avec tant de hâte ?

Orne porta son regard sur le panorama au-delà de la piscine : des collines boisées, et loin à l'horizon, à peine visibles, les escarpements d'une chaîne de montagnes. Les Bullone vivaient dans un coûteux isolement en dépit de leur amour de la simplicité traditionnelle... ou peut-être à cause de cet amour. Les centres urbains ne se prêtaient guère à de tels raffinements du passé. Mais ici, entourés d'hectares de terrain sauvage et accidenté, ils pouvaient vivre comme ils l'entendaient.

Et ils pouvaient aussi s'isoler de regards trop curieux.

« Il est temps de faire mon rapport », pensa Orne. Il pressa sur sa gorge le bouton de son transmetteur, obtint Stetson et le mit au courant des derniers événements.

— *Très bien,* conclut Stetson. *Trouvez la fille. Elle correspond à la description de la femme que vous avez vue au bord de la piscine.*

— *Je sais,* confirma Orne.

Il coupa la communication, s'interrogeant sur lui-même. Il avait conscience d'être devenu un être aux personnalités multiples, l'une d'elles jouant le jeu de Stetson, une autre celui de ses intérêts personnels, et une autre encore se contentant d'observer et de désapprouver. Et, par-dessus tout cela, il savait qu'un noyau essentiel de son ego était revenu de la mort pour s'immerger dans la vie, une vie chaleureuse regorgeant de beauté et de mouvement. Son corps agissait d'une certaine façon, mais une partie essentielle de lui-même, pleine de vie et de force, flottait quelque part, sur un plan qui interprétait la mort comme un simple élément de maturation.

C'était une sensation de distortion, d'étirement. Il s'en échappa, endossant un treillis bleu ciel et portant ses pas hors de la pièce, le long d'un couloir incurvé, de teinte jaune. Un effleurement du traducteur horaire de sa tempe lui apprit qu'il était presque midi, heure locale. Il lui restait encore un peu de temps pour explorer les environs avant le déjeuner. Il savait, grâce au rapide tour de la maison qu'il avait fait et à sa ressemblance avec la demeure de son enfance, que le couloir menait au salon principal. Les pièces communes et le quartier des hommes se trouvaient certainement dans le cercle extérieur, tandis que les appartements privés et le quartier des femmes occupaient le cercle intérieur.

Orne pénétra dans le salon.

C'était une longue pièce construite autour de deux sections du tétragone. Des divans bas sous les fenêtres étaient tournés certains vers l'intérieur, d'autres vers l'extérieur. D'épais tapis formaient sur le sol un patchwork de rouges et de bruns.

A l'autre bout du salon, une silhouette en treillis bleu, semblable au sien, était penchée au-dessus d'un socle métallique. La silhouette se redressa et une musique grêle s'éleva dans la pièce.

Orne se figea, comme sous le charme de la sonorité familière. Ses souvenirs remontèrent jusqu'à son enfance. L'instrument était une kaithra. Ses sœurs en jouaient dans un décor identique. Il reconnut la femme à la kaithra : même chevelure rousse aux reflets dorés, même allure. C'était la jeune fille qu'il avait vue au bord de la piscine. Elle tenait dans chaque main deux maillets qu'elle maniait avec une grande dextérité pour jouer de l'instrument qui reposait dans un long coffre de bois noir sculpté, adapté au socle métallique, et dont les cordes étaient réunies en six faisceaux de cinq.

Orne, mélancolique, plongé dans ses souvenirs, s'approcha d'elle par-derrière, le bruit de ses pas étouffé par les épais tapis. Le rythme de la musique était des plus étranges ; il suggérait des formes dansant sauvagement à la lueur des flammes, des silhouettes bondissantes, frénétiques. La femme plaqua un dernier accord. Les vibrations s'éteignirent.

— Ça me rend nostalgique, murmura Orne.

— Oh ! (Elle pivota avec un hoquet de surprise.) Vous m'avez fait peur. Je croyais être seule.

— Excusez-moi. Je vous écoutais jouer.

Elle sourit.

— Je suis Diana Bullone. Et vous êtes Lewis Orne.

— J'espère que vous voudrez bien m'appeler Lew, comme tous les membres de votre famille.

La chaleur de son sourire l'avait séduit.

— Bien sûr..., Lew. (Elle posa les maillets sur les cordes de la kaithra.) C'est un instrument très ancien. La plupart des gens trouvent sa sonorité..., eh bien, plutôt étrange. Sa pratique s'est transmise de génération en génération dans la famille de ma mère.

— La kaithra, fit Orne. Mes sœurs en jouaient. Il y a bien longtemps que je n'en avais entendu.

— Oui, bien sûr. Votre mère... (Elle s'arrêta, l'air gêné.) Il faut que je m'habitue au fait que vous êtes... je veux dire qu'il y a dans la maison un étranger qui n'est pas *tout à fait* étranger.

Orne sentit un sourire s'étirer sur ses lèvres tandis qu'il avait conscience du dégoût éprouvé par l'observateur intérieur, partie intégrante de son égo.

En dépit de la coupe sévère du treillis de l'I.N. et de ses cheveux ramenés en arrière, Diana était une femme très attirante. Elle possédait une présence électrique. Orne ne pouvait s'empêcher de se rappeler qu'elle était le suspect numéro un de Stetson dans le complot nathian. Diana et Maddie? C'était une situation trop singulière pour qu'il l'acceptât facilement. Il ne pouvait pas se permettre d'aimer cette femme, et pourtant il savait qu'il le ferait. Elle était la fille d'une famille qui avait fait preuve d'une grande bonté à son égard, qui l'accueillait dans son foyer comme un hôte de choix. Et comment cette hospitalité était-elle payée de retour? En espionnant!

Il se dit en lui-même que sa loyauté appartenait d'abord à l'I.N. et à la paix que ce Service représentait. Mais une autre partie de son être s'interposa, railleuse : « La paix, comme celle qui règne maintenant sur Hamal et sur Sheleb. »

D'une voix mal assurée, il prononça :

— J'espère que vous arriverez à surmonter le sentiment que je suis un étranger.

— C'est déjà fait, répliqua-t-elle.

Elle s'avança et le prit par le bras.

— Si vous en avez envie, je vous propose une visite organisée, avec un guide pour vous seul. C'est une maison vraiment bizarre, mais je l'adore.

La musique est un élément essentiel à nombre d'expériences Psi qui sont désignées sous le nom de religion. A travers la force extatique des sonorités rythmiques, nous percevons un appel dirigé vers des pouvoirs hors du temps, dépourvus des dimensions habituelles, largeur et longueur, emprisonnées dans l'état de matière, dans notre coin d'infini dimentionnel.

NOAH ARKWRIGHT.
(Les Formes de Psi.)

Lorsque la nuit tomba, Orne était dans un état de totale confusion. Il trouvait Diana excitante, fascinante, et pourtant la plus douce des compagnes qu'il eût jamais rencontrées. Elle aimait la natation, la chasse, sans effusion de sang, aux *paloika*, et le goût des pommes *ditar*. Elle faisait preuve d'un total dédain à l'égard de la vieille génération et des officiels de l'I.N., sentiment qu'elle avait affirmé n'avoir encore jamais révélé à personne.

Ils avaient ri comme des gamins à propos de tout et de rien.

Orne retourna dans sa chambre se changer pour le dîner ; il s'arrêta devant la pola-fenêtre, qu'il neutralisa. La nuit qui tombait vite sous ces latitudes avait tiré un manteau d'ébène sur le paysage. La lueur de la cité lointaine, sur la gauche, peignait en jaune vif l'horizon. Un halo orangé éclairait les pics, là où les trois lunes de Marak ne tarderaient pas à se lever.

« *Suis-je en train de tomber amoureux de cette femme ?* » se demanda Orne.

A nouveau, il ressentit la fragmentation de son être, et, cette fois-ci, l'éducation reçue pendant son enfance s'ajouta à toutes les autres forces en guerre à l'intérieur de son individu. L'éducation rituelle de Chargon, avec tous ses mystères, lui revint à l'esprit.

« *Je suis cela*, pensa-t-il. *Je suis la conscience de mon moi qui perçoit l'Absolu et connaît la Sagesse Suprême. Je suis le moi unique, impersonnel, le moi qui est Dieu.* »

Cela venait tout droit des anciens rites qui transposaient les pouvoirs royaux en termes de religion, mais Orne sentait que les vieux concepts avaient pris une signification nouvelle.

« Je suis Dieu », murmura-t-il, et il sentit les forces se débattre en lui. Même pendant qu'il prononçait cette phrase, il savait que les mots ne faisaient pas référence à son égo/identité/soi. Le *je* de cette prise de conscience était au-delà des rapports humains habituels.

Sans bien en comprendre le sens, Orne sut qu'il venait de vivre un *événement religieux*. Il connaissait les définitions Psi qu'on lui avait enseignées à l'I.N., mais cette expérience le remua profondément.

Il aurait voulu appeler Stetson, non pour faire son rapport, mais pour lui parler de ses propres doutes quant au rôle qu'il jouait dans ce foyer. Et cette pensée le ramena à la certitude que Stetson, ou l'un de ses adjoints, avait tout entendu de l'après-midi qu'il avait passé avec Diana.

L'autoservant appela pour le dîner, arrachant Orne au sentiment qu'il était tombé en disgrâce. Il enfila rapidement un uniforme propre, puis se dirigea vers le petit salon à l'autre bout de la demeure. Les Bullone avaient déjà pris place autour d'une table à fentes-bulle démodée, sur laquelle avaient été disposé de vraies bougies (elles sentaient l'encens) et un service en *shardi* doré. Par la fenêtre, on apercevait deux des trois lunes de Marak qui se levaient rapidement au-dessus des sommets montagneux.

— Bienvenue à notre table et puissiez-vous retrouver la santé dans notre demeure, dit Bullone qui s'était levé, attendant qu'Orne ait pris un siège.

— Vous avez tourné la maison, constata Orne.

— Nous aimons le clair de lune, expliqua Polly. C'est romantique, vous ne trouvez pas ?

Elle jeta un regard en direction de sa fille.

Diana gardait les yeux baissés sur son assiette. Elle était vêtue d'une robe longue en *maillefeu* qui rehaussait l'éclat de sa chevelure rousse. Un simple rang de perles de *Reinach* brillait à son cou.

« *Dieu, qu'elle est belle !* » pensa Orne, qui avait pris le siège en face d'elle.

Polly, à la droite d'Orne, paraissait plus jeune, plus douce, dans sa robe de *stola* verte qui masquait ses formes lourdes. Bullone, à sa gauche, portait un court pantalon d'intérieur, noir, et une veste de *kubi* en lamé or, qui lui tombait à hauteur des genoux. Tout chez eux comme dans le décor qui les entourait respirait la richesse et la puissance.

Un instant, Orne y vit la confirmation des soupçons de Stetson. Bullone pourrait en effet être prêt à tout pour conserver son train de vie.

L'entrée d'Orne avait interrompu une dispute entre Polly et son mari. Dès qu'Orne fut confortablement installé, ils reprirent la discussion où ils l'avaient laissée. Plutôt que de l'embarrasser, cette absence d'inhibition donna à Orne le sentiment d'être ici chez lui, de faire partie de la famille.

Diana accrocha le regard d'Orne puis posa les yeux alternativement sur son père et sa mère, avant de sourire largement.

— Mais je ne me présente pas, cette fois-ci, disait Bullone, sa voix chargée d'impatience contenue. Alors pourquoi faut-il nous encombrer de tous ces gens juste pour...

— Nos réunions de soirée électorale sont une tradition, l'interrompit Polly.

— Pour une fois, j'aurais aimé me reposer tranquillement à la maison, dit Bullone. Rester en famille et ne pas avoir à...

— Ce ne sera pas une grande réception, fit Polly. J'ai réduit la liste des invités à cinquante.

Bullone gémit.

Diana s'adressa à son père :

— Papa, c'est une élection importante. Comment pourrais-tu penser à te détendre ? Il y a soixante-treize sièges à pourvoir, et c'est la majorité qui est en jeu. Si les choses tournent mal, ne serait-ce que dans le secteur des Aikes..., eh bien..., tu pourrais retomber dans l'anonymat. Tu perdrais ton travail de... je veux dire quelqu'un d'autre prendrait ta place et...

— Pour ce que je retire de ce foutu boulot ! s'exclama Bullone. Ce n'est qu'un énorme casse-tête. (Il sourit à Orne.) Excusez-nous de vous imposer cette sempiternelle querelle, mon garçon, mais les femmes de cette famille m'useraient jusqu'à la moelle si je les laissais faire. On m'a dit que vous aviez eu une journée plutôt chargée, vous aussi. J'espère qu'on ne vous fatigue pas trop. (Il sourit paternellement à Diana.) Votre premier jour hors de l'hôpital, et tout le reste.

— Diana m'a fait faire une assez grande balade, mais j'ai beaucoup apprécié, fit Orne.

— Demain, nous prendrons la petite navette pour faire un tour dans la région sauvage, dit Diana. Je piloterai et Lew pourra se reposer.

— Mais soyez de retour pour la réception, fit Polly.

Bullone se tourna vers Orne :

— Vous voyez ?

— Maintenant, écoute, Scottie, le réprimanda Polly. Tu ne peux pas...

Elle s'interrompit au bruit d'une sonnerie étouffée provenant d'une alcôve située derrière elle.

— Ce doit être pour moi. Veuillez m'excuser un instant. Non, non, ne vous levez pas.

Diana se pencha en avant, vers Orne, et dit :

— Si vous le désirez, nous pouvons vous faire préparer un repas spécial. J'ai demandé à l'hôpital et ils m'ont affirmé que vous n'aviez besoin de suivre aucun régime alimentaire.

Elle indiqua d'un signe de tête le plat auquel Orne n'avait pas encore touché et qui avait émergé de la fente placée à côté de son couvert.

— Oh ! non. C'est parfait, s'écria Orne.

Il ne pouvait rien entendre de ce que disait Polly dans l'alcôve. Elle avait certainement branché le cône de sécurité. Il revint à son dîner : de la viande en sauce, une sauce exotique qu'il n'arrivait pas à identifier, du champagne de *Sirik*, des *ataloka au semil*..., luxe sur luxe !

Quelques instants plus tard, Polly regagna sa place.

— Rien d'important ? demanda Bullone.

— Simplement une annulation pour demain soir. Le professeur Wingard est malade.

— Si seulement ils pouvaient tous se décommander et qu'on reste tous les quatre ! fit Bullone. Je voudrais avoir le temps de bavarder avec Lewis.

« *A moins qu'il ne cache bien son jeu, tout cela ne donne guère l'impression d'un homme qui cherche à s'emparer du pouvoir* », pensa Orne.

Pour la première fois, il se demanda si Stetson n'avait pas menti, si tout cela ne faisait pas partie de quelque complot interne et complexe, avec Stetson et ses amis pour instigateurs. Et si un groupe au sein de l'I.N. préparait un coup de force ? *Non !* Il fallait qu'il cesse de courir après ses fantasmes et qu'il procède comme on le lui avait enseigné : donnée par donnée.

Polly se tourna vers son mari :

— Scottie, je t'assure que tu devrais tirer plus de fierté de tes fonctions. Tu es un homme important et il est parfois utile de s'en souvenir.

— Si ce n'était pas pour toi, ma chérie, je serais un homme parmi les autres, et j'en serais ravi, dit Bullone avec tendresse.

— Oh ! allons, Scottie !

Bullone sourit à Orne :

— Lewis, comparé à ma femme, je suis, politiquement, un idiot. Je n'ai jamais vu quelqu'un avoir de telles dispositions. Ça tient de famille. Sa mère était déjà comme cela, et sa grand-mère aussi ! De véritables génies politiques !

Orne le regardait fixement, sa fourchette immobilisée à mi-chemin entre son assiette et sa bouche. Une idée soudaine, brutale, s'était imposée à son esprit. « *Mais ce n'est pas possible !* pensait-il. *Tout à fait impossible !* »

— Vous devez savoir ce qu'est la vie publique, Lew, dit Diana. Votre père n'était-il pas Député de Chargon ?

— Oui, murmura Orne. Il est mort dans l'exercice de ses fonctions.

— Je suis désolée, s'excusa Diana. Je n'avais pas l'intention de rouvrir de vieilles blessures.

— Ce n'est pas grave, fit Orne.

Il secoua plusieurs fois la tête, plongé dans les remous de son idée explosive. « *Ce n'est pas possible, mais... le schéma était presque identique.* »

— Vous sentez-vous bien ? demanda Polly. Vous êtes devenu tout à coup si pâle...

— Simplement fatigué, répondit Orne. Je crois que je ne suis plus habitué à une telle activité.

Diana reposa sa fourchette. Une expression douloureuse s'était peinte sur son visage.

— Oh ! Lew ! Et je me suis conduite comme une idiote à vous imposer toute cette agitation cet aprèsmidi. Votre premier jour de convalescence !

Bullone ajouta :

— Surtout, ne faites pas de cérémonies dans cette maison, Lewis.

Polly avait l'air soucieuse.

— Vous avez été très malade, et nous comprenons parfaitement, Lewis. Si vous vous sentez fatigué, allez directement vous coucher. Nous pourrons peut-être vous apporter plus tard un bouillon chaud.

Orne parcourut la table des yeux, ne rencontrant sur chaque visage qu'une attention emprunte d'anxiété. Ils se faisaient vraiment du mauvais sang à son sujet, il n'y avait pas à s'y tromper. Il se sentait déchiré entre son devoir de simples exigences humaines. Dans leur propre contexte, c'étaient des gens chaleureux, honnêtes, mais s'ils... Troublé, Orne repoussa sa chaise en déclarant :

— Madame Bullone...

Puis, se souvenant qu'elle lui avait demandé de l'appeler Polly :

— Polly, si vous le permettez...

— Le permettre ! s'exclama-t-elle. Filez immédiatement.

— Voulez-vous que nous vous apportions quelque chose ? demanda Bullone.

— Non, non. Vraiment.

Orne se leva, les jambes flageolantes, mais conscient du bien meilleur état de sa rotule régénérée.

— A demain matin, Lew, dit Diana.

Elle parvint à mettre dans ces mots à la fois l'inquiétude seyant à l'hôtesse et une note de chaleur personnelle, un message qui n'était destiné qu'à lui seul. Orne n'était pas certain de vouloir accepter ce message.

— A demain matin, acquiesça-t-il.

« Dieu, quelle femme désirable ! » pensa-t-il en se retirant.

Alors qu'il arrivait près du couloir, Orne entendit Bullone dire d'un ton très paternaliste : « Dis, tu ferais peut-être mieux de ne pas balader ce garçon demain. Après tout, il est ici pour se remettre de ses blessures. »

La réponse ne parvint pas aux oreilles d'Orne, qui avait refermé la porte du couloir.

Dans l'intimité de sa chambre, il activa le transmetteur de sa gorge.

— *Stet ?*

Une voix, portée par les oscillations de l'onde sonore, siffla à ses oreilles :

— *Ici l'assistant de M. Stetson. Orne ?*

— *Oui, Orne. Je voudrais que vous vérifiiez immédiatement quelque chose sur ces enregistrements Nathians ramenés de Dabih par les archéologues. Tâchez de savoir si Sheleb était l'une des planètes sur lesquelles ils se sont implantés.*

— *Très bien. Un instant.*

Il y eut un long silence, puis :

— *Lew, Stet. Pourquoi cette question au sujet de Sheleb ?*

— *Etait-elle sur la liste Nathian ?*

— *Négatif. Pourquoi cette question ?*

— *Vous êtes sûr ? Ça expliquerait beaucoup de choses.*

— *Sheleb n'est pas sur la liste... mais attendez une minute.*

Nouveau silence, puis :

— *Sheleb est sur le cône de route d'Auriga ; et Auriga, elle, était bien sur leur liste. Nous avons des raisons de penser qu'ils n'ont déposé personne sur Auriga. Mais si leur vaisseau a eu des ennuis...*

— Nous y voilà ! s'écria Orne.

— *Ne parlez pas à voix haute !* ordonna Stetson. *Toujours subvocalement. Ils ne peuvent pas capter ce système de communication, mais ils en connaissent l'existence. On ne peut pas se permettre d'éveiller leurs soupçons parce que vous parlez tout seul.*

— *Excusez-moi,* fit Orne. *Mais j'en étais sûr, pour Sheleb...*

— *Pourquoi ? Qu'avez-vous découvert ?*

— *J'ai eu une idée qui me fait peur. Vous vous souvenez que les femmes qui régnaient sur Sheleb contrôlaient le sexe des enfants à la conception. En fait, ce fut ce déséquilibre entre les mâles et les femelles qui...*

— *Vous n'avez pas besoin de me rappeler ce qui est déjà mort et enterré,* le coupa Stetson. *Quelle importance cela a-t-il maintenant ?*

— *Stet, et si le mouvement Nathian était composé de femmes choisies selon le même procédé ? Et si même leurs propres époux l'ignoraient ? Sheleb ne serait alors qu'une planète qui a dévié et où les femmes ont perdu le contact avec le reste du système. Elles ont été découvertes par le R.R. !*

— *Sainte Mère de Marak !* s'exclama Stetson. *Avez-vous des preuves pour...*

— *Seulement des soupçons. Pouvez-vous obtenir une liste des invités à la réception électorale de demain chez les Bullone ?*

— *Oui. Pourquoi ?*

— *Recherchez-y les femmes qui tiennent leur mari sous leur coupe dans le domaine politique. Vous me ferez savoir combien il y en a et qui elles sont.*

— *Lew, ce n'est pas suffisant pour...*

— *C'est tout ce que nous pouvons faire pour le moment,* répliqua Orne ; puis il se tut, frappé par une nouvelle pensée : *Il pourrait y avoir encore autre chose. N'oubliez pas que les Nathians descendent d'ancêtres nomades. On devrait pouvoir retrouver leurs traces.*

Nous avons un très ancien proverbe : plus il y a Dieu, plus il y a diable ; plus il y a de chair, plus il y a de vers ; plus la propriété est vaste, plus vaste est l'anxiété ; plus il y a de contrainte, plus la contrainte est nécessaire.

Les Prieurs d'Amel.
(Commentaires de Psi.)

La journée commençait de bonne heure pour les Bullone.

Bien que ce fût jour d'élection, le Haut-Commissaire partit pour son bureau peu après le lever du soleil, croisant dans le hall un Orne ensommeillé et lui adressant un jovial :

— Bonjour, fiston. Bien dormi ?

Orne dut admettre qu'il avait passé une bonne nuit. Il apercevait Diana et Polly debout sur le seuil du salon principal.

— Il faut que je m'en aille, dit Bullone. Vous voyez ce que je voulais dire en parlant de ce travail qui vous bouffe !

Diana s'avança dans le hall, suivie de Polly, et toutes deux s'inquiétèrent de la santé d'Orne. Ils sortirent tous pour accompagner Bullone à sa navette-limousine. Le ciel était sans nuages, et dans l'air flottait une senteur de plantes vertes teintées d'un léger parfum de fleurs.

— Nous allons passer une journée calme, Lew, dit Diana. J'ai reçu des instructions.

Elle lui prit la main pour remonter les marches, après le départ de son père. Orne ne put s'empêcher d'aimer le contact de cette main dans la sienne, de l'aimer beaucoup trop pour la paix de son esprit. Il retira sa main en arrivant devant la porte. Il fit un pas sur le côté en disant :

— Après vous.

— D'abord, le petit déjeuner, déclara-t-elle. Nous devons vous redonner des forces.

« Il faut que je me surveille, pensa Orne. Tous les membres de cette famille sont trop ouverts, trop charmants. »

Et les femmes de Sheleb lui revinrent brutalement en mémoire, tout aussi charmantes... juste avant de se retourner contre lui. Son corps tout entier se souvint de la douleur.

— Je crois qu'un pique-nique serait exactement ce que les médecins recommanderaient pour aujourd'hui, dit Diana. Il y a, pas loin d'ici, un petit lac aux rives verdoyantes. Nous allons prendre des jumelles et quelques bons romans, ou quoi que ce soit que vous ayez envie de lire. Ce sera une journée d'inaction, de paresse.

Orne hésita.

— Et votre grande réception ?

— Mère s'en occupe très bien.

Orne regarda autour de lui. Polly était rentrée dans la maison sur un dernier :

— Dépêchez-vous, vous deux. Le petit déjeuner sera prêt dans quelques minutes.

Les pensées d'Orne se tournèrent vers les événements qui allaient survenir ce jour-là, vers les gens qu'il lui faudrait observer. Mais non..., s'il avait correctement analysé la situation, Diana constituait aussi une piste à suivre. Et le temps le pressait. Dès demain, les Nathians pouvaient avoir le contrôle total du gouvernement.

Il savait qu'il lui fallait maintenant faire un choix. Il annonça :

— Mon cher guide, ma vie est entre vos mains.

Et il pensa : « J'espère ne pas être prophète. »

Ceux qui recherchent la connaissance dans le but d'une récompense, et même en vérité la connaissance de Psi, ne font que répéter les erreurs des religions primitives. La connaissance issue de la peur ou de l'espoir d'une récompense vous enferme dans les rets de l'ignorance. C'est ainsi que les anciens ont appris à falsifier leurs vies.

Les Maximes des Prieurs.
(L'Approche de Psi.)

Orne apprécia la chaleur qui régnait au bord du lac. Des fleurs orange et pourpres parsemaient les berges verdoyantes au-dessus de lui. Une ligne de sombres buissons se mirait dans l'eau claire. De petites créatures pépiaient, voltigeaient dans les arbres. Un *groomis* hantait les roseaux à l'autre bout du lac ; de temps à autre, il se manifestait par ses cris, tel un vieil homme se raclant la gorge.

Diana était allongée sur la natte qu'ils avaient

dépliée pour le pique-nique. Les mains croisées derrière la nuque, elle avait fermé les yeux. Ses cheveux encadraient son visage d'un flot doré.

— Quand toutes les filles étaient à la maison, nous avions l'habitude de pique-niquer ici presque tous les Octodis, dit Diana. Si le temps le permettait, bien entendu. Ils font pleuvoir ici un peu trop souvent à mon goût.

Orne s'assit à côté d'elle, face au lac. Il se sentait profondément mal à l'aise. Tout était *tellement* clair. « Comme Sheleb, comme à la maison, comme ici », pensait-il.

— Nous avions construit un radeau sur l'autre rive, dit Diana. (Elle se redressa, les yeux fixés sur la berge opposée.) Vous savez, je crois qu'il en reste encore des morceaux. Vous voyez ?

Elle montrait du doigt un enchevêtrement de troncs d'arbres. Sa main effleura celle d'Orne.

Un véritable courant électrique passa entre eux.

Sans savoir exactement comment, Orne se retrouva avec Diana dans les bras, leurs lèvres soudées en un long baiser. Orne se sentit gagné par la panique. Il se dégagea.

— Je n'avais pas prévu cela, souffla Diana.

— Moi non plus, murmura Orne. (Il secoua la tête.) Dieu ! Quel gâchis on peut faire, parfois !

Diana cligna des yeux.

— Lew..., vous... vous n'éprouvez aucun sentiment pour moi ?

Orne ignora le transmetteur qu'il portait en lui, et il se libéra. « Ils vont croire que ça fait partie du jeu », pensa-t-il amèrement.

— Ne rien éprouver ? s'écria-t-il. Mais je vous aime !

Elle soupira, s'appuya contre son épaule.

— Alors, où est le problème ? Vous n'êtes pas encore marié. Mère a consulté votre dossier.

Diana sourit malicieusement et se recula un peu pour regarder Orne.

— Mère a le don de seconde vue.

Le goût d'amertume persistait dans la bouche d'Orne. Tout s'imbriquait si bien.

— Di, je me suis enfui de chez moi à l'âge de dix-sept ans.

— Je le sais, mon chéri, Mère m'a tout dit à votre sujet.

— Mais vous ne comprenez pas. Mon père est mort juste avant ma naissance. Il était...

— Ça a dû être très dur pour votre mère, compatit Diana. Rester seule avec toute la famille... et un enfant à naître.

— Ils le savaient depuis longtemps, expliqua Orne. Mon père était atteint de la maladie de *Broach*. Ils l'ont découvert trop tard ; le système nerveux était déjà touché.

— C'est horrible ! murmura Diana. Ils vous ont alors programmé, bien sûr..., je veux dire, ils ont alors prévu d'avoir un fils.

L'esprit d'Orne réagit soudain, tel un poisson hors de l'eau, essayant d'atteindre une pensée qui se débattait devant lui, presque à sa portée. Il la saisit enfin, mais elle luttait encore pour lui échapper.

— Mon père était Député de Chargon, souffla-t-il.

Il avait l'impression de vivre un rêve. Sa voix était basse, dénotant un état de choc.

— Dès que j'ai commencé à parler, Maman n'a cessé de me préparer à l'idée que j'occuperais un jour cette charge publique.

— Et vous vous opposiez à cette entreprise prévue à l'avance, dit Diana.

— J'avais cela en horreur ! Et, à la première occasion, je me suis enfui. L'une de mes sœurs a épousé un type qui est maintenant Député de Chargon. J'espère qu'il se plaît à ce poste !

— Ce doit être Maddie, fit Diana.

Orne se souvint que Stetson lui avait parlé d'un message codé entre Diana et Maddie. Cette pensée lui fit froid dans le dos.

— Est-ce que vous connaissez bien Maddie ? demanda-t-il.

— Je la connais très bien. Lew, qu'est-ce qui ne va pas ?

— La politique, répondit-il. Vous attendez de moi que je me prête au même jeu, et c'est vous qui tirerez les ficelles. Faire son chemin à grands coups de dents et de griffes, en quelque sorte.

— Dès demain, tout cela ne sera peut-être plus nécessaire, affirma Diana.

Orne sentit le sifflement soudain de l'onde porteuse dans le transmetteur de son cou, mais la voix de celui qui était à l'écoute ne se manifesta pas.

— Que va-t-il se passer... demain ? demanda-t-il.

— Les élections, voyons. Lew, vous avez un comportement bizarre. Vous êtes sûr de vous sentir bien ? (Elle posa une main sur son front.) Peut-être ferions-nous mieux...

— Juste une minute, fit l'Orne, prenant la main de Diana et l'emprisonnant dans la sienne. Quant à nous...

Elle pressa ses doigts.

Orne avala péniblement sa salive.

Diana retira sa main, effleura la joue d'Orne.

— Je crois que mes parents s'en doutaient déjà. Nous sommes des spécialistes du coup de foudre dans cette famille. (Elle l'examina tendrement.) Vous ne semblez pas avoir de fièvre, mais il vaudrait peut-être mieux...

— Quel abruti je suis, marmonna Orne. Je viens juste de comprendre que je suis probablement un Nathian !

Elle le regarda, ébahie.

— Vous venez *juste* de comprendre ?

— Je le savais..., je le savais et je ne voulais pas le savoir. Il faut prendre conscience... des choses pour être obligé de les accepter.

— Lew, je ne vous comprends pas, s'étonna Diana.

— Il y eut comme un hoquet de surprise dans le récepteur d'Orne, puis plus rien.

— Les structures identiques de nos familles, fit Orne, comme pour lui-même. Jusqu'aux maisons, bon sang ! Voilà la véritable clé. Quel idiot j'ai pu être ! (il fit claquer ses doigts.) La *Tête !* Polly ! votre mère ! C'est votre mère qui est à la tête de tout cela !

— Mais, mon chéri..., bien sûr. Elle est... Je croyais que vous...

— Vous feriez mieux de me ramener à elle, et en vitesse, fit Orne.

Il porta la main vers son cou, mais la voix de Stetson se manifesta la première :

— *Beau travail, Lew ! Nous débarquons avec une brigade spéciale d'intervention. On ne peut prendre aucun risque avec...*

Orne, sous le coup de la panique, s'écria à haute voix :

— Stet ! Pas de troupes ! Vous venez chez les Bullone, et vous venez seul.

Diana bondit sur ses pieds et s'écarta brusquement d'Orne.

— *Que voulez-vous dire ?* demanda Stetson.

— J'essaie de sauver notre peau, rugit Orne. Seul !
Vous m'entendez ? Vous venez seul ou il y aura un massacre pire que n'importe quelle guerre des Marches !

— Lew, à qui parlez-vous ? demanda Diana.

Orne ignora sa question et dit :

— Vous avez bien compris, Stet ?

— *Cette fille sait-elle que vous me parlez !* interrogea Stetson.

— Bien sûr qu'elle le sait ! Et maintenant, vous venez ici, seul. Et pas de troupes !

— *D'accord, Lew. Je ne sais pas comment se présente la situation, mais je vous fais toujours confiance bien que vous ayez admis..., enfin, vous saviez que j'étais à l'écoute. La force-O se tient prête. Je serai à la résidence des Bullone dans dix minutes, mais pas seul. ComOg sera avec moi.* (Une pause.) *Et il dit que vous avez intérêt à savoir ce que vous faites.*

Il y a un démon dans tout ce que nous ne comprenons pas. La trame de l'univers apparaît noire à l'œil qui refuse de voir. C'est ainsi que nous percevons un voile satanique d'où provient toute insécurité. C'est dans ce tissu de menace constante que nous parachevons notre vision de l'enfer. Pour vaincre ce démon, nous recherchons l'illusion de la Connaissance intégrale. Face à un univers infini, imminent derrière le voile satanique, le Tout-Infini doit rester une illusion, seulement une illusion, et rien de plus. Si l'on accepte ceci, le voile tombe.

Le prieur HALMYRACH.
(Religion au sein de Psi.)

Du groupe réuni dans un coin du salon principal des Bullone se dégageait une aura de colère. Les rideaux tirés et les pola-fenêtres neutralisées atténuaient l'éclat vert du soleil de midi. En arrière-plan s'élevait le léger bourdonnement du système d'air conditionné et les bruits mécaniques des roboservants bien huilés qui préparaient la réception électorale de la soirée.

Stetson était adossé contre un mur à côté d'un divan, les mains profondément enfoncées dans les poches de son treillis taché et chiffonné. Les rides traçaient de larges sillons sur son front haut. Près de Stetson, l'Amiral Sobat Spencer, Commandeur des Opérations galactiques de l'I.N., arpentait le sol. ComOg était un homme chauve au cou de taureau, avec de grands yeux bleus et une voix douce, trop douce. Son va-et-vient sur le patchwork des tapis avait l'intensité de celui d'un fauve en cage, trois pas en avant, trois pas en arrière.

Polly Bullone était assise sur le divan, la bouche tendue en une ligne de furieuse désapprobation. Ses mains étaient croisées sur ses genoux, si serrées que les jointures en étaient blanches. Diana était debout à côté de sa mère, bras ballants, les ongles enfoncés dans ses paumes. Elle tremblait de rage. Son regard restait fixé sur Orne.

— C'est donc ma propre stupidité qui nous a conduits à cette petite conférence, disait Orne.

Il se tenait à environ cinq pas de Polly, les mains sur les hanches. L'Amiral qui ne cessait de s'agiter, sur sa droite, commençait à lui porter sur les nerfs.

— Mais vous feriez mieux de m'écouter. (Il jeta un coup d'œil en direction de ComOg.) De m'écouter *tous*.

L'Amiral Spencer s'arrêta, regarda Orne.

— Il faudrait que vous me donniez de bonnes raisons pour que je ne réduise pas cette demeure en cendres. Nous devons aller au fond de ce problème.

— Vous... Vous êtes un traître, Lewis, fit Polly d'une voix rauque.

— J'inclinerais à être d'accord avec vous,

madame, dit Spencer. Mais d'un point de vue différent. (Il se tourna vers Stetson.) Aucune nouvelle de Scottie Bullone ?

— Ils m'appelleront dès qu'ils l'auront trouvé, répondit Stetson.

Il semblait réservé, perdu dans ses pensées.

— Vous étiez bien invité ici pour la réception de ce soir, Amiral ? demanda Orne.

— Je ne vois pas le rapport, répliqua Spencer.

— Etes-vous prêt à faire emprisonner votre femme et vos filles pour conspiration ? lui demanda Orne.

Un léger sourire joua sur les lèvres de Polly.

Spencer ouvrit la bouche, puis la referma sans prononcer un mot.

— Les Nathians sont surtout des femmes, continua Orne. Les femmes de votre famille en font partie.

Spencer donna l'impression d'avoir été frappé au ventre.

— Quelles... Quelles preuves avez-vous ? soufflat-il.

— J'ai des preuves, affirma Orne. J'y reviendrai dans un instant.

— C'est une absurdité, claironna l'Amiral. Comment pouvez-vous...

— Vous feriez mieux de l'écouter, Amiral, intervint Stetson. On peut dire ce que l'on veut d'Orne, mais il vaut la peine d'être entendu.

— Alors, ce qu'il va dire aura tout intérêt à tenir debout ! rugit Spencer.

— Voici mon explication, annonça Orne. La plupart des Nathians sont donc des femmes. Il n'y eut que quelques mâles, soit par accident, soit programmés, comme je l'ai été moi-même. C'est la raison pour laquelle il n'y avait aucune continuité décelable dans les noms de famille, juste une étroite société féminine, très fermée, dont tous les membres travaillaient à acquérir d'importantes positions par l'intermédiaire des hommes.

Spencer se racla la gorge, déglutit. Il semblait incapable de détacher son regard des lèvres d'Orne.

— L'analyse à laquelle je me suis livré, continua Orne, montre que, il y a environ trente à quarante ans, les conspirateurs commencèrent à élever quelques mâles, les préparant à occuper des fonctions supérieures soigneusement sélectionnées. Les autres mâles Nathians — les accidents étaient dus à un échec de la méthode de détermination du sexe — étaient tenus dans l'ignorance de la conjuration. Les premiers, néanmoins, en devenaient membres à part entière lorsqu'ils atteignaient la maturité. Je suppose que c'est ce qui avait été prévu pour moi.

Polly leva un instant les yeux sur lui, puis reporta son attention sur ses mains.

Diana détourna la tête lorsque Orne essaya d'accrocher son regard.

Il reprit :

— Leur plan prévoyait de marquer un coup décisif avec cette élection. Si elles étaient parvenues à la remporter, elles auraient alors pu poursuivre avec plus d'audace.

— Vous vous faites des illusions, mon garçon, ricana Polly. Vous ne pouvez déjà plus rien faire. Plus rien !

— Nous verrons cela ! cracha Spencer. (Il semblait avoir retrouvé tous ses moyens.) Quelques arrestations clés, la mise au grand jour de votre...

— Non, le coupa Orne. Vous ne voyez pas tous les aspects du problème, Amiral. Elle a raison. Il est trop tard pour cette approche-là. Et c'était probablement déjà trop tard il y a un siècle. Ces femmes étaient déjà trop fermement implantées, même à cette époque.

Spencer se raidit et regarda Orne dans les yeux :

— Jeune homme, je n'ai qu'un mot à dire et il ne restera plus rien de cette maison.

— Je le sais, fit Orne. Un autre Hamal, un autre Sheleb !

— Nous ne pouvons pas nous contenter d'ignorer tout cela ! gronda Spencer.

— Peut-être pas l'ignorer, dit Orne, mais nous allons faire quelque chose de semblable. Nous n'avons pas le choix. Il est temps que nous tirions la leçon du manche et de la cognée.

— La leçon de *quoi ?* rugit Spencer.

— Vous la trouverez dans le programme de l'I.N., affirma Orne. Les sociétés primitives ont découvert ce moyen d'échapper à la tentation constante de la violence léthale. Un village fabriquait le fer, et le village suivant uniquement le manche. Et il ne venait à aucun des deux l'idée de concurrencer l'autre dans son domaine de spécialisation.

Polly leva les yeux et étudia le visage d'Orne. Diana semblait un peu perdue.

— Vous savez ce que je pense ? fit Spencer. Dans votre tentative de brouiller les pistes, vous vous révélez un véritable Nathian. Vous êtes toujours un Nathian.

— Mais cela n'existe pas, répliqua Orne. Cinq cents ans de croisements avec d'autres peuples y ont veillé. Et, à l'heure actuelle, il n'y a plus qu'une société secrète composée de politicologues particulièrement avisés. (Il sourit à Polly, puis revint à Spencer.) Pensez à votre propre femme, monsieur. En toute franchise, croyez-vous que vous seriez aujourd'hui ComOg si elle n'avait pas guidé votre carrière ?

Le visage de Spencer s'assombrit. Il avança le menton, essaya de faire baisser les yeux à Orne, mais n'y parvint pas. Quelques instants plus tard, il étouffait un rire nerveux.

— Je savais que Sobie finirait par comprendre, constata Polly. Vous avez pratiquement tout dit, Lewis. Maintenant, nous allons traiter avec qui de droit, et vous ne faites par partie de ceux-là.

— Ne sous-estimez pas votre futur gendre, répliqua Orne.

— Ha ! s'écria Diana. Je vous *hais*, Lewis Orne !

— Vous finirez par surmonter ce sentiment, fit Orne d'une voix douce.

— Ohhhhhhhhhh !

Diana frémissait de rage.

— Je pense avoir tous les atouts en main, fit Spencer, son attention centrée sur Polly.

— Vous n'avez pas grand-chose si vous ne comprenez pas la situation, intervint Orne.

Spencer tourna vers lui un regard interrogateur.

— Expliquez-vous.

— Gouverner est une gloire incertaine, dit Orne. Vous payez votre pouvoir et votre richesse par une situation d'équilibre instable sur le tranchant de la lame. Cette grande chose amorphe, le peuple, a renversé et englouti nombre de gouvernements. Il suffit de l'éclat d'un accès de fureur. Pour prévenir cela, il faut leur donner un *bon* gouvernement, pas un gouvernement parfait, mais un *bon*. Sinon, tôt ou tard, votre tour arrive. C'est un raisonnement qu'un génie politique, ma mère, en l'occurrence m'a souvent tenu. Je l'ai toujours à l'esprit. (Il fronça les sourcils.) Mon objection à la politique tenait aux compromis qu'il faut faire pour être élu... et je n'ai jamais aimé que les femmes régissent ma vie.

Stetson s'écarta du mur.

— C'est parfaitement clair, fit-il. (Toutes les têtes se tournèrent vers lui.) Pour rester au pouvoir, il a fallu que les Nathians nous donnent un assez bon gouvernement. Nous devons l'admettre. C'est une évidence. D'un autre côté, si nous les dénonçons, nous procurons à une bande de politiciens amateurs, à n'importe quel fanatique ou démagogue assoiffé de pouvoir, les armes dont ils ont besoin pour les balayer et occuper leurs fonctions.

— Et après cela, le chaos, conclut Orne. Nous

allons donc laisser les Nathians continuer... avec deux modifications mineures.

— Nous ne changerons rien, affirma Polly.

— Vous n'avez rien retiré de la leçon du manche et de la cognée, répliqua Orne.

— Et vous, rien de celle du véritable pouvoir politique, contre-attaqua Polly. Il me semble, Lewis, que vous n'êtes pas en position de force. Vous m'avez, moi, mais vous ne tirerez rien de moi. Le reste de l'organisation peut poursuivre sans moi. Vous n'oserez pas nous dénoncer, car vous discréditeriez trop de gens importants. C'est nous qui avons l'avantage.

— Non, car nous tenons le manche *et* la cognée, déclara Orne. L'I.N. peut, sous dix jours, mettre en détention préventive quatre-vingt-dix pour cent des membres de votre organisation.

— Vous ne pourriez pas les trouver ! s'écria Polly.

— Comment, Lew ? demanda Stetson.

— Les nomades, fit Orne. Cette maison est une tente glorifiée. Les hommes à l'extérieur, les femmes à l'intérieur. Vous n'avez qu'à rechercher les constructions avec cours intérieures. Il se pourrait que cela fasse partie de l'instinct Nathian.

— Mais serait-ce suffisant ? demanda Stetson.

— Ajoutez-y un penchant pour d'étranges instruments de musique, répondit Orne. La kaithra, le tambourin, le hautbois..., tous les instruments de nomades. Ajoutez également une structure familiale à tendance matriarcale, une étrange perversion de l'héritage nomadique, mais pas unique. Examinez les carrières politiques des hommes en place en cherchant celles qui ont été favorisées par les femmes de leur famille. Avec tout cela, bien peu nous échapperont.

Polly, bouche bée, ne quittait pas Orne des yeux.

Après quelques instants de silence, Spencer prit la parole :

— Les événements se déroulent trop vite pour

moi. Il n'y a qu'une chose dont je sois sûr : j'ai pour mission de prévenir une nouvelle guerre des Marches. J'en ai fait le serment. Et si je dois mettre en prison jusqu'au dernier...

— Une heure après que cette conspiration serait connue, vous ne seriez plus en position d'emprisonner qui que ce soit, dit Orne. L'époux d'une Nathian ! Vous seriez vous-même en prison, ou plus vraisemblablement mort entre les mains d'émeutiers.

Spencer pâlit.

Stetson hocha la tête en signe d'approbation.

— Livrez-nous votre conclusion sur le manche et la cognée, demanda Polly. Que suggérez-vous comme compromis ?

— Premièrement : droit de veto sur tout candidat que vous présentez, répondit Orne. Deuxièmement : vous ne pourrez jamais détenir plus de la moitié des postes clés.

— Qui pourra mettre son veto à nos candidats ? interrogea Polly.

— L'Amiral Spencer, Stet, moi-même... ou quiconque nous jugerons digne de confiance, répondit Orne.

— Vous vous prenez pour Dieu, ou quoi ? demanda Polly.

— Pas plus que vous, répliqua Orne. Je n'ai pas oublié les leçons de ma mère. Ce système est un système d'équilibre. C'est vous qui découpez le gâteau, et c'est nous qui avons le choix des parts. Un groupe fabrique le fer et un autre le manche. Nous, nous les assemblons.

Ce fut Spencer qui brisa le silence qui se prolongeait :

— Il ne semble pas juste que...

— Aucun compromis politique ne peut être tout à fait juste, le coupa Orne.

— Vous ne cessez de raccommoder un tissu qui a toujours été en loques, fit Polly. C'est ainsi que fonctionnent les gouvernements. (Elle pouffa, puis regarda Orne.) Très bien, Lewis, nous acceptons.

Elle porta son attention sur Spencer qui, maussade, haussa les épaules.

Polly tourna à nouveau la tête vers Orne pour lui demander :

— Je voudrais que vous répondiez à cette question : comment avez-vous su que j'étais le chef ?

— Facile, répondit Orne. Ces enregistrements que nous avons trouvés précisaient que la famille... Nathian (il avait failli dire *de traîtres*) sur Marak avait pour nom de code « La Tête ». Et votre nom, Polly, contient la racine *Poll,* qui en vieil anglais signifie tête.

Polly lança un regard interrogateur en direction de Stetson.

— Est-il toujours aussi brillant ?

— Toujours, répondit Stetson.

— Si vous voulez faire carrière dans la politique, Lewis, fit Polly, je serais ravie de...

— Je suis déjà dans la politique, grogna Orne. Ce que je veux maintenant, c'est m'établir avec Di et rattraper un peu tout ce que j'ai raté dans l'existence.

Diana se raidit, et, s'adressant au mur derrière Orne, elle déclara :

— Je ne veux plus jamais voir, écouter ou entendre parler de Lewis Orne. Plus jamais ! C'est définitif, irrémédiablement définitif !

Les épaules d'Orne se voûtèrent. Il se retourna, tituba et s'effondra soudain, de tout son long, sur les épais tapis. Un cri jaillit de toutes les bouches, derrière lui.

Stetson s'écria :

— Appelez un médic ! Ils m'avaient prévenu à l'hôpital qu'il était encore très faible.

On n'entendit plus que les bruits sourds des pas de Polly se précipitant vers l'alcôve dans le hall.

— Lew !

C'était la voix de Diana. Elle tomba à genoux à

côté de lui, ses mains douces se posèrent en tremblant sur sa tête, son cou.

— Retournez-le et déboutonnez son col, fit Spencer. Donnez-lui de l'air.

Doucement, ils mirent Lewis sur le dos. Il était blême.

Diana dégrafa le col d'Orne et enfouit sa tête contre sa poitrine.

— Oh ! Lew, pardonne-moi, fit-elle en sanglotant. Je ne le pensais pas. Je t'en prie, Lew... ne meurs pas. Je t'en supplie.

Orne ouvrit les yeux et, au travers du voile doré des cheveux de Diana, regarda en direction de Spencer et de Stetson. Il distinguait la voix de Polly donnant de brèves instructions au centre de communications. Il sentait contre son cou la chaleur de la joue de Diana, la moiteur de ses larmes. Alors, lentement, délibérément, Orne adressa un clin d'œil aux deux hommes.

Diana tremblait convulsivement contre lui. Ses mouvements activèrent le transmetteur de son cou. Orne entendit l'onde sonore siffler à ses oreilles. Le son le remplit de fureur contenue, et il pensa : « Il faut que ce maudit truc disparaisse ! Je voudrais le voir au fond de la mer la plus profonde de Marak ! »

Et, à l'instant même, il sentit un vide soudain dans sa chair, là où le transmetteur avait été implanté. L'onde sonore mourut brusquement. Avec une sensation brutale de choc, Orne comprit que le minuscule instrument était parti. « Psi ! Par tous les saints, je suis un Psi ! » se dit-il.

Tendrement, il se dégagea de l'étreinte de Diana et la laissa l'aider à s'asseoir.

— Oh ! Lew, murmura-t-elle en lui caressant la joue.

Polly s'avança vers eux.

— Le médic arrive. Il a dit de bien couvrir le patient et de le laisser allongé. Pourquoi s'est-il assis ?

Orne n'entendit que la moitié de la phrase. Il

réfléchissait : « Il faudra que j'aille sur Amel. Impossible d'y échapper. » Il ne savait pas comment il y parviendrait, mais il savait que cela se ferait.

« Amel. »

La mort a de nombreux aspects : le Nirvâna, la roue sans fin de l'Existence, l'équilibre entre l'organisme et la pensée conçue comme activité pure, la tension/relaxation, la douleur et le plaisir, la recherche d'un but et l'abnégation. La liste est inépuisable.

NOAH ARKWRIGHT.
(Aspects de la Religion.)

A l'instant où il quitta la protection du transporteur pour déboucher dans la chaleur du soleil d'Amel, sur la rampe de sortie, Orne sentit les forces Psi qui s'affrontaient sur cette planète. L'impression d'être pris dans un réseau de champs magnétiques. Il agrippa le rail de la rampe comme un étourdissement le gagnait. Cette sensation passa et il contempla, à quelque deux cents mètres en contrebas, la masse unie du spatioport. Des vagues de chaleur miroitaient sur la brillante surface de véton et montaient jusqu'à lui, surchauffant l'atmosphère. Dans l'air, pas le moindre souffle de vent, mais des rafales de forces Psi, invisibles, fouettaient ses sens nouvellement éveillés.

Lorsqu'il avait abordé le sujet d'Amel, ses affaires avaient progressé rapidement, et avec une mystérieuse fluidité, dans cette direction. Un équipement de détection et d'amplification Psi lui avait été fourni et dissimulé dans ses chairs. Personne n'avait remarqué la disparition du transmetteur de son cou, et il n'avait pas demandé à ce qu'il fût remplacé.

Un technicien de la branche Psi de l'I.N. avait été chargé de le familiariser avec le nouvel équipement, de lui apprendre comment sélectionner les signaux annonciateurs d'une détection Psi primaire, comment se concentrer sur les éléments abstraits de son nouveau spectre.

Les nouveaux règlements avaient été mis en place, signés de Stetson et de Spencer, et même de Scottie Bullone, bien qu'Orne ait été averti qu'ils ne constituaient qu'une *simple formalité.*

Orne avait été très occupé : faire face à ses nouvelles responsabilités de sélection politique, préparer son mariage avec Diana, apprendre à connaître les rouages internes de l'I.N. dont il n'avait jusqu'alors perçu que les manifestations superficielles, s'habituer à vivre avec une forme singulière de peur, née de son éveil Psi.

S'avançant sur la rampe d'atterrissage au-dessus du spatioport d'Amel, Orne se rappelait clairement cette peur. Il frissonna. Amel se glissait en lui par d'angoissantes sensations à fleur de peau. D'étranges impulsions traversaient son esprit, comme de brefs éclairs de chaleur. Un instant, il aurait voulu gronder et se vautrer dans la boue comme un *kiriffa ;* l'instant d'après, il sentait un rire s'enfler en lui tandis que, simultanément, un sanglot lui déchirait la gorge.

« Ils m'avaient prévenu que ce serait d'abord très dur », se remémora-t-il.

L'entraînement Psi n'atténuait pas la peur, ne faisant que rendre le sujet plus conscient. Sans cet entraînement, l'esprit d'Orne aurait pu mêler ces sensations abstraites, les fondre en un mélange superstition/peur, émotion parfaitement logique pour un clerc débarquant sur la *planète des prêtres.*

Tout autour de lui s'étendait maintenant le sol sacré, le sanctuaire de toutes les religions de l'univers connu (et, certains l'affirmaient, de toutes les religions de l'univers inconnu).

Orne dirigea toute sa volonté vers la concentration intérieure, comme on le lui avait appris. Lentement, l'écrasante lucidité de son esprit se retira pour faire place à une légère contrariété. Il respira profondément une bouffée d'air chaud et sec. Il en retira une vague insatisfaction, comme s'il manquait un élément essentiel auquel ses poumons étaient habitués.

Se tenant toujours fermement au rail, il attendit d'être certain d'avoir maîtrisé ces impulsions fantomatiques. Qui savait ce que l'une de ces irrésistibles sensations pouvait l'obliger à faire ? La brillante surface interne du hublot ouvert à côté de lui refléta son image, la déformant légèrement, le faisant paraître plus mince. L'image réfléchie lui conférait l'apparence d'un demi-dieu, réincarnation d'un lointain passé d'Amel : solide, carré, le cou cordé de muscles. Une légère cicatrice délimitait la ligne sombre de ses cheveux roux, coupés court. Sur son visage de bouledogue, d'autres petites cicatrices n'étaient visibles que parce qu'il savait où regarder. Sa mémoire lui parlait également d'autres blessures sur son corps trapu, mais il se sentait entièrement remis de Sheleb, bien qu'il sût que Sheleb ne s'était pas remise de lui. Un commentaire humoristique circulait à l'I.N. sur les agents-officiers que l'on pouvait identifier au nombre de cicatrices et d'emplâtres qu'ils portaient. Personne n'avait jamais fait d'observations similaires au sujet des nombreux mondes sur lesquels l'I.N. était intervenu.

Il se demanda si Amel exigerait un tel *traitement* et

si l'I.N. pourrait agir ici. Aucune de ces deux interrogations n'avait de réponse.

Orne étudia le panorama autour de lui, attendant toujours le contrôle Psi. La rampe du transporteur dominait une vaste étendue, des graffiti de tours, de beffrois, de clochers, de monolithes, de dômes, de ziggourats, de pagodes, de stupas, de minarets, de dàgàbas... agglutinés dans une plaine uniforme qui s'étendait jusqu'à la ligne d'horizon, ondulant sous le voile des vagues de chaleur. Les rayons dorés du soleil dansaient en d'éclatantes teintes primaires et en pastels patinés : bâtiments en tuiles et pierres, en véton et plastal, et tous les matériaux synthétiques d'un million de civilisations.

Le soleil jaune, Dubhe, était au méridien d'un ciel bleu sans nuages. Il frappait la toge d'Orne de ses rayons impitoyables. La toge était d'une teinte azur pâle, et Orne déplorait de ne pouvoir porter ici aucun autre vêtement. La couleur le posait comme *étudiant*, et il n'avait pas le sentiment d'être sur Amel pour étudier au sens classique du terme. Mais c'était la condition requise pour être admis sur cette planète. L'étreinte de la toge retenait la transpiration de son corps.

A un pas de lui bourdonnait l'escalachamp, prêt à le déposer au sein de l'animation qui régnait au pied du transporteur. Des prêtres et des passagers participaient, en bas, à une cérémonie : l'initiation des nouveaux étudiants. Orne ne savait pas s'il allait devoir se prêter à un tel rite. L'agent portuaire lui avait dit de prendre tout son temps pour débarquer.

Mais que faisaient-ils donc au sol ?

Une mélopée funèbre, rythmée par le sourd battement des tambours, s'élevait au-dessus des tintements mécaniques de l'activité du port.

En écoutant, Orne ressentit un brutal sentiment de crainte face à l'inconnu qui l'attendait, tapi dans les rues étroites et tortueuses, dans l'enchevêtrement des bâtiments du complexe religieux. Les histoires qui circulaient à propos d'Amel contenaient tant d'allusions à des pouvoirs et des mystères interdits qu'Orne savait que ses émotions s'en trouvaient corrompues. Et pourtant, cette crainte, il la connaissait bien. Elle l'avait saisi sur Marak.

Il était assis à son bureau, dans son décor quotidien du quartier des officiers célibataires. Ses yeux regardaient sans le voir le paysage verdoyant qui s'étirait sous la fenêtre : le campus de l'université de l'I.N. Le soleil vert de Marak, déjà bas dans le ciel de l'après-midi, lui paraissait distant et froid. Amel lui paraissait tout aussi lointaine, un endroit où se rendre après son mariage et la lune de miel. Il occupait un poste permanent au collège anti-guerre de l'I.N. où il donnait des conférences sur le thème des « Indices exotiques de la Guerre ».

Brusquement, avec un froncement de sourcils, il avait porté son attention sur la pièce strictement réglementaire. Quelque chose n'allait pas, mais il n'arrivait pas à saisir exactement quoi. Tout semblait parfaitement à sa place : les murs gris, les angles vifs de la couchette, le couvre-lit blanc avec le monogramme bleu de l'I.N., une épée et un stylet entrecroisés, la chaise, dure, placée au pied de la couchette, laissant un espace de trois centimètres pour la porte grisâtre d'un placard.

Tout était en ordre.

Mais il n'arrivait pas à se débarrasser du sentiment prémonitoire que quelque chose avait changé..., quelque chose de dangereux.

Pendant qu'il était plongé dans ses pensées, la porte d'entrée s'était brutalement ouverte, et Stetson était entré. Le chef de secteur portait son treillis bleu habituel. Seules marques de son rang, les insignes dorées de l'I.N. sur le col et le béret semblaient légèrement corrodés. Orne s'était demandé quand ces emblèmes avaient bien pu être astiqués pour la dernière fois, puis il avait chassé cette idée de son esprit. Stetson réservait toute son énergie à polir son esprit.

Derrière Stetson, comme un animal familier au bout d'une laisse invisible, suivait un mécanochariot sur lequel s'empilaient micrabandes, microfilms et même quelques livres primitifs reliés de cuir. Le chariot avait roulé de lui-même à l'intérieur de la pièce, et ses roues avaient grincé en franchissant le seuil de la porte.

Orne avait fixé son attention sur le chariot, le reconnaissant immédiatement comme l'objet de ses craintes. Il s'était levé et avait fixé durement Stetson.

— Qu'est-ce que c'est, Stet ?

Stetson avait écarté la chaise du pied de la couchette et expédié son béret sur le couvre-lit. Ses cheveux noirs aux épis rebelles étaient décoiffés. Ses paupières tombaient. Il avait déclaré :

— Vous avez déjà accompli suffisamment de missions pour en reconnaître les prémices quand vous les voyez.

— Je n'ai donc plus voix au chapitre ? avait demandé Orne.

— Eh bien, les choses ont pu changer un peu, mais, après tout, ce n'est pas certain, avait répondu Stetson. En outre, ceci concerne quelque chose que vous avez publiquement souhaité.

— Je me marie dans trois semaines.

— Votre mariage a été reporté, avait affirmé Stetson.

Il avait avancé une main apaisante comme le visage d'Orne s'assombrissait.

— Attendez une minute. J'ai dit reporté, rien de plus.

— Sur l'ordre de qui ?

— Eh bien, Diana a accepté de partir ce matin pour une mission que le Haut-Commissaire a arrangée pour nous.

— Mais nous devions dîner ensemble ce soir ! s'était écrié Orne, outré.

— Le dîner aussi a été reporté, avait répliqué Stetson. Elle vous envoie ses regrets. Il y a un visocube dans ce fourbis sur le chariot..., ses regrets, son amour et tout le reste, mais elle espère que vous comprendrez la raison de ce départ brusqué.

La voix d'Orne avait jailli dans un grognement de fureur :

— Quelle raison ?

— Ne pas se mettre en travers de votre chemin. Vous partez pour Amel dans six jours, six jours et non six mois, et il y a une montagne de choses à faire pour vous préparer à ce départ.

— Vous feriez mieux d'être un peu plus clair au sujet de Diana.

— Elle savait qu'elle vous aurait fait perdre du temps, qu'elle vous aurait distrait et détourné de l'attention dont vous avez à présent absolument besoin. Elle est partie pour Franchi Primus y délivrer une note personnelle de première importance au mouvement Nathian clandestin, leur expliquant pourquoi ils ne sont plus clandestins et pourquoi le candidat qu'ils avaient choisi pour l'élection doit se retirer sans plus attendre. Elle est parfaitement en sécurité et vous pourrez vous marier dès votre retour d'Amel.

— A moins que vous n'inventiez quelque nouvelle mission urgente, avait ironisé Orne.

— C'est vous qui avez prêté serment à l'I.N., avait répliqué Stetson. Diana obéit aux ordres, comme le reste d'entre nous.

— Oh ! l'I.N. a beaucoup d'humour, avait ricané Orne. C'est un service que je ne manquerais pas de recommander à tout jeune homme à la recherche d'une situation.

— Si nous en revenions à Amel ? avait fait Stetson.

— Mais pourquoi si soudainement ?

— Amel..., eh bien, Amel n'est pas le lieu de vacances idéal dont vous aviez peut-être rêvé.

— Pas le... Mais c'est la planète de formation Psi intensive. Vous avez bien envoyé ma candidature ?

— Lew, ce n'est pas tout à fait de cette façon que ça se passe.

— Oh ?

— On ne pose pas sa candidature pour Amel, on y est *convoqué.*

— Ce qui veut dire ?

— Qu'il n'y a qu'un seul moyen de se rendre sur Amel lorsque l'on ne figure pas sur la liste officielle en tant que diplômé, prêtre ou quelque chose comme ça. Et ce moyen, c'est d'y être étudiant, étudiant convoqué.

— Et j'ai été convoqué ?

— Oui.

— Et si je refuse de m'y rendre comme étudiant ?

Des rides profondes s'étaient creusées autour de la bouche de Stetson.

— Vous avez prêté serment à l'I.N. Vous vous en souvenez ?

Je crois que je vais modifier ce serment, avait grondé Orne. Aux mots : « Je consacre ma vie et mon honneur le plus sacré à rechercher et à détruire les germes de la guerre en quelque endroit qu'ils se trouvent » j'ajouterai : « et je sacrifierai qui que ce soit, ou quoi que ce soit, pour y parvenir ».

— Pas mal, avait approuvé Stetson. Pourquoi ne pas proposer cette modification à votre retour ?

— A condition que je revienne !

— Mettons que cette possibilité existe. Il n'en reste pas moins que vous avez été convoqué et que l'I.N. souhaite à tout prix que vous acceptiez.

— C'est donc pour cela que personne ne s'est opposé à ma demande.

— En partie, oui. Notre Branche Psi a confirmé que vous possédiez des dons certains... et nos espoirs s'en sont trouvés renforcés. Nous *voulons* un homme de votre envergure sur Amel.

— Pourquoi ? Quel intérêt l'I.N. porte-t-il à

Amel ? Il n'y a jamais eu de guerre dans les parages. Les grands pontes ont toujours peur d'offenser leurs dieux.

— Ou leurs prêtres ?

— Je n'ai jamais entendu parler de quelqu'un qui ait eu des ennuis sur Amel, avait dit Orne.

— Si, nous. Nous avons toujours eu des ennuis.

— L'I.N. ?

— Oui.

— Mais les techniciens de notre Branche Psi ont été formés là-bas.

— Ils nous viennent d'Amel, et sur l'insistance d'Amel, pas sur la nôtre. Nous n'avons jamais pu envoyer sur cette planète un véritable agent, dévoué et digne de confiance.

— Vous croyez que les prêtres mijotent quelque chose ?

— Si c'est le cas, nous aurons de sérieux ennuis. Comment pourrions-nous faire face aux pouvoirs Psi ? Comment retenir quelqu'un comme ce natif de Wessel qui peut se rendre sur toutes les planètes de l'univers sans vaisseau ? Comment traiter avec un homme qui peut libérer sa chair de nos instruments sans faire d'incision ?

— Ainsi vous le saviez, hein ?

— Quand votre transmetteur a cessé de nous communiquer les échos de votre environnement pour nous apprendre le langage des poissons, alors, oui, nous l'avons su. Comment avez-vous fait ? »

— Je ne sais pas.

— Et peut-être me dites-vous la vérité, avait approuvé Stetson.

— J'ai simplement souhaité que ça arrive.

— Vous avez simplement souhaité ! C'est peut-être pour cela que vous allez sur Amel.

Orne avait acquiescé, aveuglé par cette pensée : « Ça se pourrait. » Mais la prémonition ne l'avait pas quitté, centrée maintenant non plus sur le chariot, mais bien au-delà, sur Amel.

— Vous êtes sûr que c'est moi qu'ils ont convoqué ?

— Nous en sommes certains. Et nous sommes très inquiets.

— Vous ne m'aviez pas parlé de ça, Stet.

Stetson avait soupiré :

— Lew, nous venons d'en avoir la confirmation ce matin : à la prochaine session de l'Assemblée, une motion sera déposée, portant sur le démantèlement de l'I.N. et sur la prise en charge de ses fonctions par le service de Redécouverte et Rééducation.

— Oh ! vous voulez plaisanter !

— Malheureusement pas.

— Sous les ordres de Tyler Gemine et de ses rigolos du R.R. ?

— Eux-mêmes.

— Mais... pourquoi... ce politicien minable ! La moitié de nos problèmes est la conséquence des stupidités commises par le R.R. Ces crétins ont failli nous précipiter une bonne dizaine de fois dans une nouvelle guerre des Marches. Je croyais que Gemine était en tête de la liste des gens à écarter du pouvoir.

Mmmmmmm, hmmmmmmm, avait acquiescé Stetson. Mais, à la prochaine session de l'Assemblée, dans moins de cinq mois, la motion n'en sera pas moins déposée, et elle a le soutien du clergé d'Amel.

— De *tout* le clergé ?

— Oui, de tout le clergé.

— Mais c'est insensé ! Je veux dire...

— Douteriez-vous que la ferveur religieuse puisse faire adopter cette motion ? avait demandé Stetson.

Orne avait secoué la tête.

— Mais il y a des milliers de sectes religieuses sur Amel... des millions peut-être. La Trêve Œecuménique n'autorise pas...

— La Trêve ne stipule pas qu'il soit interdit d'éliminer l'I.N.

— Mais, Stet, ça ne colle pas. Si les prêtres en ont

après nous, pourquoi m'inviteraient-ils, moi, en tant qu'étudiant ?

— Maintenant, vous comprenez pourquoi nous sommes tellement inquiets, avait dit Stetson. Personne, et je dis bien *personne !* n'a jamais pu placer un agent sur Amel. Ni l'I.N. Ni l'ancien Service Secret Marakian. Ni même les Nathians. Toutes les tentatives se sont soldées par une expulsion polie. Pas un agent n'a pu faire plus de vingt mètres sur le sol de la planète.

— Qu'y a-t-il sur ce chariot que vous avez apporté ? avait demandé Orne.

— Tout ce que vous étiez supposé étudier dans les six mois à venir. Vous avez maintenant six jours.

— Quelles sont les dispositions prévues pour me sortir d'Amel si les choses tournent mal ?

— Aucune.

Orne, incrédule, avait levé les yeux sur Stetson.

— Aucune ?

— Nos informations les plus sûres indiquent que votre formation sur Amel — ils l'appellent « l'Epreuve » — durera environ six mois. Si, passé ce délai, nous n'avons pas entendu parler de vous, nous ferons une enquête.

— Du genre : « Où avez-vous caché son corps ? » avait répliqué Orne avec sarcasme. Bon sang ! Dans six mois il n'y aura peut-être plus d'I.N. pour enquêter !

— Il restera au moins quelques citoyens préoccupés par votre sort, vos amis.

— Les *amis* qui m'envoient là-bas !

— Je suis persuadé que vous en comprenez la nécessité. Diana l'a parfaitement compris.

— Elle sait tout cela ?

— Oui. Elle a pleuré, mais elle s'est inclinée et elle est partie pour Franchi Primus comme elle en avait reçu l'ordre.

— Je suis donc votre dernière chance, hein ?

Stetson avait acquiescé.

— Il faut que nous sachions pourquoi le centre de toutes les religions s'est retourné contre nous. Dieu sait, si vous me pardonnez cette référence, que nous n'avons pas l'intention de nous rendre là-bas pour les asservir. Nous pourrions essayer, mais cela entraînerait des soulèvements religieux à travers toute la fédération. A côté, la guerre des Marches ressemblerait à un jeu de gamins mal élevés.

— Mais vous n'avez pas écarté cette hypothèse ?

— Non, bien sûr. Mais je ne suis pas persuadé que nous trouverions assez de volontaires pour faire le boulot. Nous n'engageons jamais le personnel selon des critères religieux. Mais je suis foutrement certain que nos hommes ne nous suivraient pas si nous tentions quoi que ce soit contre Amel. C'est un terrain très délicat. Nous devons savoir ce qui se passe ! Peut-être serons-nous en mesure de rectifier ce qui les dérange. C'est notre seul espoir. Peut-être ne comprennent-ils pas bien nos...

— Et s'ils ont des plans de conquête guerrière, Stet ? Que pourrons-nous faire ? Une nouvelle faction a pu prendre le pouvoir sur Amel. Pourquoi pas ?

La tristesse avait envahi le visage de Stetson.

— Si vous parvenez à le prouver...

Il avait haussé les épaules.

— Par quoi commence le programme ? avait alors demandé Orne.

Du pouce, Stetson avait indiqué le chariot :

— Plongez-vous dans l'étude de ces données. Vous verrez plus tard les médics pour un nouvel amplificateur Psi, plus puissant.

— Quand faudra-t-il que je me rende auprès des médics ?

— Ils viendront vous voir.

— Les gens viennent *toujours* me voir, avait murmuré Orne.

Un univers sans guerres implique des concepts de masse critique appliqués aux êtres humains. Toute cause directe qui pourrait conduire à la guerre est toujours transformée, par un phénomène d'escalade, en questions de valeurs personnelles, en associations de synergie technologique, en interrogations de nature éthico-religieuse pour lesquelles sont ouvertes des zones de neutralisation, et où, inéluctablement, il reste les inconnues, omniprésentes et sans doute d'une insidieuse complexité. La situation humaine par rapport à la guerre peut être comparée à un système de feedback multilinéaire et sinusoïdal dans lequel rien n'est sans importance.

« La Guerre,
le *Non*-possible. »
(*Manuel de l'I.N.*,
chapitre IV.)

La lumière du soir projetait ses ombres étroites dans la chambre d'hôpital d'Orne au Centre Médical de l'I.N. C'étaient les heures calmes qui précèdent le dîner, après les visites. La pseudo-perspective de la pièce avait été neutralisée pour donner à l'environnement un aspect de *paisible sécurité*. Le selectacol était réglé sur un vert foncé, et les lumières étaient tamisées. Orne sentait la présence de l'épais bandage à induction sous son menton, mais la sensation de démangeaison caractéristique de la cicatrisation rapide ne s'était pas encore manifestée.

Se trouver à l'hôpital rendait Orne vaguement mal à l'aise. Il savait pourquoi. Les odeurs et les bruits lui rappelaient les mois passés à lutter contre la mort après les événements de Sheleb. Il se souvenait que Sheleb avait été une planète de plus d'où la guerre ne pouvait absolument pas provenir.

Comme Amel.

La porte de sa chambre avait glissé sur le côté, laissant passer un officier tech, grand et maigre, avec sur le col de son uniforme deux éclairs entrecroisés, insigne de la Branche Psi. La porte s'était refermée derrière lui.

Orne avait étudié l'homme, un visage inconnu : des traits de rapace avec un long nez, un menton pointu et une bouche étroite. Les yeux étaient agités de mouvements rapides, incessants. Il avait levé la main droite, comme un oiseau qui bat des ailes, pour un vague salut, puis s'était penché au-dessus des barreaux métalliques au pied du lit d'Orne.

— Je m'appelle Ag Emolirdo, avait-il déclaré. Responsable de la Branche Psi. Ag est pour Agonie.

Incapable de bouger la tête à cause du bandage à induction, Orne avait laissé son regard suivre l'arête de son propre nez pour se poser sur Emolirdo. Tel était donc le discret et mystérieux chef de Psi au sein de l'I.N. L'homme dégageait une aura d'intelligence, de confiance en soi. Il avait rappelé à Orne un prêtre de Chargon, un autre diplômé d'Amel. Ce souvenir avait rendu Orne mal à l'aise. Il avait dit :

— J'ai entendu parler de vous. Comment allez-vous ?

— Nous verrons plus tard comment je vais, avait répondu Emolirdo. J'ai consulté votre dossier. Fascinant. Savez-vous que vous êtes peut-être un foyer psi ?

— Un quoi ?

Orne avait essayé de se redresser, mais le bandage l'avait vite rappelé à l'ordre.

— Un foyer psi. Je vais vous expliquer.

— J'aimerais beaucoup, avait répliqué Orne, qui commençait à ne pas apprécier l'aisance et les façons omniscientes d'Emolirdo.

— Vous pouvez considérer cela comme le début de votre formation accélérée, avait dit Emolirdo. J'ai décidé de la prendre moi-même en main. Si vous êtes ce que nous soupçonnons..., eh bien, c'est très rare.

— Vraiment rare ?

— Oui. Les seuls autres cas se perdent dans les brumes mythiques de l'Antiquité.

— Je vois. Ce truc de foyer psi, c'est bien cela ?

— C'est ce que nous appelons le prodige. Si vous êtes un foyer psi, alors vous êtes... un dieu.

Orne avait battu des paupières, et, comme foudroyé, s'était figé. Il avait senti tournoyer la roue de sa vie, il avait senti l'essence de son être s'enflammer d'une terrifiante passion pour l'existence. Une conscience dévastatrice avait bouillonné en lui, amenant à la surface de son esprit toutes les anciennes fonctions de la vie.

Et il avait pensé : « Rien ne peut être exclu de la vie. La vie est un tout. »

— Vous ne posez pas de questions ? avait demandé Emolirdo.

Orne avait péniblement avalé sa salive, puis avait répondu :

— Si, j'ai beaucoup de choses à vous demander.

— Allez-y.

— Pourquoi pensez-vous que je suis un... ce foyer psi ?

Emolirdo avait hoché la tête :

— Vous semblez être un îlot d'ordre dans un univers de désordre. Quatre fois vous avez attiré l'attention de l'I.N., et quatre fois vous avez accompli l'impossible. Chacun des problèmes auxquels vous vous êtes attaqué contenait en lui le ferment de la guerre et aurait pu mener à un conflit généralisé. Mais vous êtes arrivé et avez apporté l'ordre au sein...

— Je n'ai fait que ce qu'on m'avait appris à faire, rien de plus.

— Appris ? Qui vous avait appris ?

— Mais l'I.N., bien sûr. C'est une question stupide.

— Vraiment ?

Emolirdo s'était emparé d'une chaise et s'était assis à côté du lit, au niveau de la tête d'Orne.

— Procédons par ordre, en commençant par notre articulation de la vie.

— J'articule ma vie en la vivant, avait dit Orne.

— Peut-être aurais-je dû commencer par aborder le problème sous un autre angle, sous l'angle des définitions. La vie telle que nous la comprenons représente un pont entre l'Ordre et le Chaos. Nous définissons le Chaos comme de l'énergie brute, indomptée, disponible à quoi que ce soit qui puisse la maîtriser et l'amener à une forme d'Ordre quelconque. Dans ce sens, la Vie devient du Chaos emmagasiné. Vous me suivez ?

— Disons que je vous écoute.

— Ahhh !... (Emolirdo s'était raclé la gorge.) Je

veux dire que la Vie se nourrit du Chaos, mais qu'elle doit aussi exister au sein de l'Ordre. Le Chaos représente une toile de fond sur laquelle la vie se projette, ce qui nous amène à une autre toile de fond, la condition appelée Stase. Elle peut être comparée à un aimant. La Stase attire à elle l'énergie disponible jusqu'à ce que les pressions du non-mouvement et de la non-adaptation deviennent trop fortes et qu'une explosion se produise. Après cette explosion, les formes qui étaient en Stase retournent au Chaos, au non-Ordre. Ce qui nous amène à conclure, inévitablement, que la Stase conduit toujours au Chaos.

— Tout à fait remarquable, avait approuvé Orne.

Emolirdo avait froncé les sourcils, puis avait continué :

— Cette règle s'applique à la fois au niveau chimique/inerte et au niveau chimique/animé. La glace, stase de l'eau, explose lorsqu'elle est mise en contact avec une chaleur trop élevée. Et une société gelée explose lorsqu'elle est mise en contact avec la chaleur de la guerre ou avec la trop forte brûlure d'une nouvelle société étrangère. La nature a horreur de la stase.

— Comme elle a horreur du vide, avait fait remarquer Orne, dans l'unique espoir de détourner la conversation. (Où Emolirdo voulait-il en venir ?) Pourquoi tout ce discours sur le Chaos, l'Ordre, la Stase ?

— Nous pensons en termes de systèmes d'énergie, avait répondu Emolirdo. C'est l'approche psi. Avez-vous d'autres questions ?

— Vous n'avez rien expliqué. Des mots, rien que des mots. Qu'a donc à faire tout cela avec Amel ou votre hypothèse que je pourrais être un... foyer psi ?

— En ce qui concerne Amel, avait répondu Emolirdo, il semblerait que ce soit une stase qui n'explose pas.

— Alors, ce n'est peut-être pas statique.

— Très astucieux, avait fait Emolirdo. Pour ce qui

est des foyers psi, cela nous amène au problème des miracles. Vous avez été convoqué sur Amel parce que nous vous considérons comme un faiseur de miracles.

Un éclair de douleur avait traversé le cou bandé d'Orne lorsqu'il avait essayé de tourner la tête.

— De miracles ? avait-il croassé.

— La compréhension de psi passe par la compréhension des miracles, avait expliqué Emolirdo de sa manière didactique. Il y a un démon dans chaque chose que nous ne comprenons pas. C'est pourquoi les miracles nous effraient et nous emplissent de sentiments d'insécurité.

— Comme ce type qui est supposé voyager de planète en planète sans utiliser de vaisseau.

— Il le fait vraiment, répliqua Emolirdo. Une autre forme de miracle consiste à simplement souhaiter qu'un appareil se détache de votre chair, et que cela arrive sans même vous blesser.

— Et que se passerait-il si je souhaitais que vous disparaissiez de ma vue ? avait demandé Orne.

Un étrange petit sourire avait flotté sur les lèvres d'Emolirdo, comme s'il s'était livré à une lutte intérieure pour savoir s'il devait en rire ou en pleurer, et qu'il avait résolu le problème en décidant de ne faire ni l'un ni l'autre. Il avait fini par dire :

— Ce pourrait être intéressant, surtout si je ripostais moi aussi par un vœu.

Orne s'était senti dérouté.

— Je ne vous suis pas.

Emolirdo avait haussé les épaules.

— Je veux simplement dire que l'étude de psi est l'étude des miracles. Nous examinons les faits qui interviennent hors des sentiers explorés et en dépit de règles acceptées. La religion appelle ces faits des miracles. Et nous, nous disons que nous nous trouvons en face d'un phénomène psi ou de l'œuvre d'un foyer psi.

— Changer d'étiquette ne conduit pas nécessairement à changer le produit, avait dit Orne. Je ne vous suis toujours pas.

— Avez-vous déjà entendu parler des cavernes miraculeuses sur les anciennes planètes? avait demandé Emolirdo.

— Je connais les histoires qui circulent à ce sujet.

— Ce sont plus que des histoires. Laissez-moi vous expliquer : ces endroits recelaient des formes cachées, des circonvolutions qui se projetaient hors de notre univers *apparent*. A l'exception de ces points de convergence, les énergies brutes et chaotiques de l'univers résistent à nos désirs d'Ordre. Mais justement, à ces points de convergence, les énergies brutes du Chaos extérieur se trouvent largement disponibles et peuvent être domptées. Par le simple fait de le souhaiter, nous façonnons cette énergie brute en des courants nouveaux et uniques qui défient nos anciennes règles.

Les yeux d'Emolirdo avaient lancé des éclairs. Il avait semblé lutter pour réprimer une grande excitation intérieure.

Orne s'était passé la langue sur les lèvres.

— Des formes?

— Les données historiques sont claires, avait affirmé Emolirdo. Des hommes ont tordu des fils métalliques, les ont enroulés en solénoïdes, ont moulé des morceaux de plastique, ont assemblé des objets hétéroclites, sans rapport apparent..., et des miracles se sont produits. Une surface métallique, parfaitement lisse, est devenue poisseuse, comme si on l'avait enduite de colle. Un homme a tracé un pentagramme sur le sol et des flammes ont dansé à l'intérieur. Des volutes de fumée se sont échappées d'une bouteille étrangement dessinée et ont soudain obéi aux volontés d'un homme. Tout cela, ce sont des formes. Vous comprenez?

— Et alors?

— Alors, il existe certaines créatures vivantes, y compris les hommes, qui dissimulent en elles une telle convergence. Elles entrent dans... dans le néant et réapparaissent à plusieurs années-lumière. Il suffit qu'elles jettent un regard sur une personne souffrant d'un mal incurable, et le mal est guéri. Elles font se lever les morts. Elles lisent dans les esprits.

Orne, la gorge sèche, avait essayé de déglutir. Emolirdo parlait avec une telle confiance, une telle conviction. Quelque chose qui allait bien au-delà d'une foi aveugle.

— Mais en quoi cela aide-t-il d'appeler ces phénomènes des phénomènes psi ? avait-il demandé.

Cela permet de les faire sortir du royaume de la crainte irréfléchie, avait répondu Emolirdo.

Il s'était penché vers la lampe de chevet d'Orne et avait interposé son poing entre la lumière et le mur vert à la tête du lit.

— Regardez ce mur.

— Je ne peux pas bouger.

— Oh ! excusez-moi. (Emolirdo avait retiré sa main.) Je faisais juste une ombre. Vous pouvez très bien l'imaginer. Supposons qu'il y ait des créatures pensantes prisonnières dans le plan de ce mur et qu'elles aient vu l'ombre de ma main. Un génie parmi elles pourrait-il visualiser la forme qui a projeté cette ombre, une forme apparue d'une dimension extérieure à la sienne ?

— C'est un vieux problème, mais intéressant.

— Et si un être du plan de ce mur fabriquait un appareil lui ouvrant les portes de notre propre dimension ? avait continué Emolirdo. Il serait dans la même situation légendaire que l'homme aveugle étudiant l'éléphant. Son appareil répondrait en des termes qui ne s'appliqueraient pas à sa dimension. Il lui faudrait conjecturer sur ces nouvelles structures, établir toutes sortes de postulats optionnels.

La peau sous le pansement avait commencé à terriblement démanger Orne. Il avait résisté à l'impulsion d'y porter le doigt. Des bribes de légendes de Chargon avaient traversé sa mémoire : les magiciens de la forêt, le petit peuple qui exauçait les vœux de telle façon que ceux qui les avaient émis le regrettaient amèrement, la grotte où les malades se trouvaient guéris.

La sensation de cicatrisation rapide attirait son doigt avec une force presque irrésistible. Il avait saisi une pilule sur la table de nuit, l'avait avalée, puis avait attendu le soulagement.

— Vous êtes en train de penser, avait affirmé Emolirdo.

— Vous m'avez implanté dans le cou un nouvel amplificateur psi. Dans quel but ?

— C'est un appareil perfectionné pour la détection de l'activité psi, avait répondu Emolirdo. Il détecte les champs psi, la présence de formes focales. Il amplifie vos possibilités latentes, vous permet de mieux résister à des émotions psi-induites et de détecter les motivations des autres en lisant leurs émotions. Il peut également vous faciliter la détection de dangers pour votre personne, alors que ces dangers sont encore à quelque distance temporelle... une forme de prescience, si vous voulez. J'ai prévu pour vous quelques séances parahypnoïdes qui vous permettront de mieux comprendre tous ces effets.

Orne avait ressenti un fourmillement dans la nuque, un creux à l'estomac sans rapport avec la faim. Un danger ?

— Vous reconnaîtrez la sensation de prescience, avait continué Emolirdo. Elle vous envahira comme une espèce de peur particulière que vous pourrez peut-être prendre pour de la faim. Vous sentirez un manque de quelque chose, à l'intérieur de vous ou dans l'air que vous respirez. C'est un signal de danger auquel vous pourrez faire entière confiance.

L'impression de creux à l'estomac n'avait pas quitté Orne. Sa peau était moite de transpiration. L'air de la chambre avait, dans ses poumons, un parfum de renfermé. Il voulait se rendre quitte de ces sensations, de la conversation trop suggestive d'Emolirdo, mais un fait restait : un fait qui s'appelait *Stetson.* Personne, au sein de l'I.N., n'avait jamais montré un scepticisme aussi froid, et pourtant Stet lui avait demandé de se plier à tout cela.

Et il y avait aussi ce transmetteur dont il s'était débarrassé par un acte de simple volonté.

— Vous êtes un peu pâle, avait remarqué Emolirdo.

Orne avait réussi à étirer les lèvres en un sourire crispé.

— Je crois que j'éprouve en ce moment même votre fameux avertissement prescient.

— Ahhhhh. Décrivez-moi vos sensations.

Orne s'était exécuté.

— C'est bizarre que ça se manifeste si tôt, avait dit ensuite Emolirdo. Pouvez-vous identifier la source de ce danger ?

— Oui. Vous. Vous et Amel, avait répondu Orne.

Emolirdo, la bouche pincée, avait conclu :

— Il se pourrait que la formation psi soit en elle-même un danger pour vous. C'est très étrange. Surtout si vous vous révélez vraiment être un foyer psi.

Lorsqu'un homme sage ne comprend pas, il dit : « Je ne comprends pas. » Le sot et l'inculte sont honteux de leur ignorance. Ils gardent le silence alors qu'une simple question pourrait leur apporter la sagesse.

Maximes des Prieurs.

Il n'y avait plus aucune excuse valable à s'attarder ainsi sur la rampe du transporteur, se dit Orne. Il avait surmonté le vertige de sa première confrontation avec les forces psi d'Amel, mais la conscience précognitive du péril restait plantée en lui comme une dent malade. Il sentait la chaleur, le poids de la toge. Il était trempé de sueur.

Et son ventre lui criait : *Attends.*

Il s'avança d'un pas encore vers l'escalachamp et, en lui, grandit la sensation de vide. Ses narines subirent la morsure âcre de l'encens, une odeur si forte qu'elle effaçait la dominante carburant et ozone du spatioport.

En dépit de son entraînement et de son agnosticisme soigneusement nourri, Orne sentait monter en lui un sentiment de terreur superstitieuse. Amel dégageait une aura de magie qui défiait l'incroyance.

« Ce n'est que psi », se dit Orne.

Des chants et des lamentations s'élevaient des complexes religieux, comme un brouillard diffus. Des fragments de souvenirs, son enfance sur Chargon, assaillirent son esprit : *les processions religieuses des jours saints..., l'image de* Mahmud *brillant dans le* kiblah... *le son de* l'azan *rassemblant les fidèles sur la grand-place pour le Jour de Bairam...*

« Qu'aucun blasphème ne soit prononcé, qu'on ne permette à aucun blasphémateur de vivre... »

Orne secoua la tête. « Cet instant serait l'instant idéal pour approcher la religion et se prosterner devant Ullua, l'étoile vagabonde des Ayrbs. »

Les racines de sa peur s'ancrèrent plus profondément. Il ajusta sa ceinture et, à grandes enjambées, se dirigea vers l'escalachamp. La sensation de danger persistait, mais n'augmentait plus.

Le délicat affleurement de l'escalachamp l'amena vers le sol et le déposa à côté d'un trottoir couvert. Il faisait plus chaud que sur la rampe. Orne essuya la sueur qui perlait sur son front. Un groupe de prêtres vêtus de blanc et d'étudiants en toges bleu clair se pressait dans l'ombre étroite du trottoir couvert. Ils commencèrent à se disperser tandis qu'Orne s'approchait, s'en allant par paires, un prêtre avec un étudiant.

Un seul prêtre resta, grand, trapu, duquel se dégageait une impression de pesanteur, comme si le sol allait trembler dès qu'il se mettrait en mouvement. « Un natif de Chargon ? » se demanda Orne. Il avait la tête rasée. Des rides profondes éraillaient son visage, et ses yeux noirs brillaient sous d'épais sourcils grisonnants.

— Orne ? tonna le prêtre.

Orne monta sur le trottoir.

— Oui.

La peau du prêtre, dans l'ombre, trahissait un reflet jaune, huileux.

— Je m'appelle Bakrish, fit l'homme. (Il posa ses larges mains sur ses hanches et regarda Orne fixement.) Vous avez manqué la cérémonie de lustration.

— On m'a dit d'attendre, pour descendre, de m'y sentir prêt, expliqua Orne.

— Un de ceux-là, hein ?

Quelque chose dans cette lourde silhouette, dans ce visage luisant, rappelait à Orne un sergent instructeur de l'I.N. sur Marak. Ce souvenir lui fit retrouver son équilibre et amena un large sourire sur ses lèvres.

— Quelque chose vous amuse ? demanda Bakrish.

— Cet humble visage ne reflète que le bonheur de se trouver en votre compagnie sur Amel, répondit Orne.

— Vraiment ?

— Qu'entendez-vous par *un de ceux-là ?* demanda Orne.

— Que vous êtes l'un de ceux dont les talents ont besoin de l'équilibre d'Amel. Rien de plus. Venez avec moi.

Il se retourna et s'avança à grands pas sous l'abri du trottoir, sans même s'assurer qu'Orne le suivait.

« L'équilibre d'Amel ? » se demanda Orne.

Il s'élança derrière Bakrish, et dut presque courir pour se maintenir à son rythme.

« Pas de trottoirs roulants, pas de sautoirs, pensa Orne. Cette planète est vraiment primitive. »

Le trottoir couvert pointait, tel un long bec, vers un bâtiment bas, dépourvu de fenêtres, et construit en plaston gris. Une double porte donnait sur un hall sombre qui engloutit Orne sous un flot d'air frais. Il eut le temps de remarquer que les portes étaient manœuvrées manuellement et que l'une d'elles grinçait. Le hall leur renvoya l'écho de leurs pas.

Bakrish le précéda devant des rangées d'étroites cellules sans porte, certaines occupées par des silhouettes en prière, d'autres remplies d'étranges équipements, d'autres enfin, vides. Au bout du hall se trouvait une autre porte qui ouvrait sur une pièce assez vaste pour contenir un petit bureau et deux chaises. La pièce baignait dans une lumière rose dispensée par des sources invisibles. Une odeur d'humus s'en dégageait. Bakrish laissa tomber sa lourde carcasse dans la chaise située derrière le bureau et fit signe à Orne de prendre l'autre siège.

Orne obéit et sentit les contractions alarmantes de son estomac se faire plus aiguës.

— Comme vous le savez, fit Bakrish, ici, sur Amel, nous vivons en état de trêve Œcuménique. Le service de renseignement de l'I.N. vous aura certainement informé de la signification apparente de ce fait.

Orne dissimula la surprise qu'il éprouvait de la direction prise par la conversation.

Bakrish ajouta :

— Ce qu'il vous faut maintenant comprendre, c'est qu'il n'y a rien d'extraordinaire à ce que j'aie été désigné pour être votre gourou.

— Pourquoi serait-ce extraordinaire ? demanda Orne.

— Vous êtes un fidèle de Mahmud, et je suis un Hynd et un *Wali* par protection divine. Selon la Trêve, nous tous servions le Dieu unique qui possède une multitude de noms. Vous comprenez ? »

— Non, je ne comprends pas.

— Les Hynds et les Ayrbs ont une longue tradition de haine. Vous ne le saviez pas ?

— Il me semble avoir vu quelque part des allusions à ce sujet, admit Orne. Ma propre conception est que la haine engendre la violence, et que la violence engendre la guerre. Et j'ai fait serment de me consacrer à lutter contre cette escalade.

— Serment louable, très louable, fit Bakrish. Quand Emolirdo nous a parlé de vous, nous avons éprouvé le besoin de nous rendre compte par nous-mêmes. C'est la raison de votre présence ici.

« Stet avait donc raison, pensa Orne. La Branche Psi espionne pour Amel.«

— Vous nous posez un problème fascinant, ajouta Bakrish.

Orne se composa un masque impénétrable et, à l'aide de sa conscience psi récemment acquise, se projeta à la recherche d'une émotion, d'une faiblesse, d'un quelconque indice confirmant le danger dont il sentait la présence. Puis il dit :

— Je croyais que ma venue ici, en tant qu'étudiant, était une affaire des plus simples.

— Rien n'est tout à fait simple, répliqua Bakrish.

Pendant que Bakrish prononçait cette phrase, Orne avait senti se dissiper le danger. Il surprit le prêtre à lancer un regard en direction de la porte. Orne pivota et aperçut l'éclair d'une robe et d'un objet monté sur roues que l'on retirait.

— C'est parfait, fit Bakrish. Maintenant, nous avons enregistré le tenseur de votre équipement amplificateur. Nous pouvons le neutraliser à volonté ou vous détruire en même temps que lui.

Orne lutta pour combattre la panique qui le gagnait. « Quelle genre de bombe Emolirdo m'a-t-il fait implanter par les médics ? » se demanda-t-il. Il pensa un instant à émettre le souhait que ces instruments disparaissent de sa chair, mais il n'était pas sûr que cela réussisse sur Amel. Et un échec éventuel lui paraissait plus à redouter que de laisser les événements suivre leur cours, du moins temporairement. Il se décida à parler :

— Je suis content que vous ayez trouvé quelque chose pour vous occuper.

— Inutile d'ironiser, répliqua Bakrish. Nous n'avons aucun désir de vous détruire. Nous voulons que vous utilisiez les instruments qui vous ont été donnés. C'est pour cela que vous les avez et que l'on vous a appris à vous en servir.

Orne respira profondément. Deux fois. L'entraînement psi reprenait le dessus, sans volonté consciente. Il se concentra à la recherche du calme, et le calme déferla en lui comme une vague d'eau fraîche. Il devint froid, observateur, serein, attentif à toute force psi. Et, en même temps, des pensées éclataient dans son esprit. Ce n'était pas là la structure événementielle à laquelle il s'était attendu. L'aurait-on trompé ?

— Avez-vous des questions à poser ? demanda Bakrish.

Orne s'éclaircit la gorge.

— Oui. M'aiderez-vous à voir le Prieur Halmyrach ? Je dois découvrir pourquoi Amel essaie de détruire le...

— Chaque chose en son temps, l'interrompit Bakrish.

— Où pourrais-je trouver le Prieur ?

— Lorsque le moment sera venu, tout sera fait pour que vous le rencontriez. Il est tout proche et attend ces événements avec une grande curiosité, je peux vous l'assurer.

— Quels événements ?

— Votre épreuve, bien entendu.

— Bien entendu. Lorsque vous vous efforcerez de me détruire.

Bakrish sembla surpris.

— Croyez-moi, mon jeune ami, nous n'avons aucunement le désir de causer votre perte. Nous n'avons fait que prendre les précautions nécessaires. Ce sont des sujets dangereux, et qui requièrent toute notre attention.

— Vous avez prétendu que vous pouviez me détruire.

— Oui, mais seulement sous la contrainte la plus absolue. Il vous faut à présent comprendre les deux faits essentiels liés à votre présence ici : vous voulez savoir ce qu'il en est de nous, et nous voulons savoir ce qu'il en est de vous. Et la meilleure façon pour nous deux d'y parvenir est que vous vous soumettiez à cette épreuve. Vous n'avez vraiment pas le choix.

— C'est vous qui le dites !

— Je vous le certifie.

— Je suis donc supposé me laisser conduire par vous comme un *grifka* que l'on mène à l'abattoir. C'est cela, ou vous me détruisez.

— Ces pensées sanguinaires sont tout à fait déplacées, dit Bakrish. Considérez la situation comme je le fais : il s'agit d'un test intéressant.

— Mais un seul d'entre nous est en danger.

— Je ne l'affirmerais pas, répliqua Bakrish.

Orne sentit la colère l'envahir. C'est pour cela qu'il avait souffert l'ajournement de son mariage, les soins de médics très vraisemblablement administrés sur les ordres d'un traître à l'I.N. C'est pour cela qu'il avait subi les cours psi intensifs ! Pour tout cela !

— Je vous promets que je découvrirai ce qui vous fait peur, lança Orne, les yeux fixés sur le prêtre. Et, quand je l'aurai découvert, je vous écraserai.

Bakrish pâlit. Sa peau jaune prit une teinte cireuse. Il déglutit péniblement et secoua plusieurs fois la tête.

— Il est nécessaire que vous soyez confronté aux mystères, murmura-t-il. C'est la seule voie que nous connaissions.

Orne se sentit embarrassé par son éclat de bravade. « Pourquoi ce type a-t-il peur ? se demanda-t-il. Il a tous les atouts en mains, mais ma menace l'effraie. Pourquoi ? »

— Acceptez-vous de vous soumettre à l'épreuve ? risqua Bakrish.

Orne se radossa à sa chaise.

— Vous avez dit que je n'avais pas le choix.

— Sincèrement, c'est la vérité.

— Alors je m'y soumets. Mais le prix en sera une entrevue avec le Prieur !

— Bien entendu... si vous survivez.

Nous venons de l'Etre Suprême et retournerons à l'Etre Suprême. Comment pourrions-nous cacher quoi que ce soit à la Source qui était et à la Fin qui est ?

Maximes des Prieurs.

— Il est arrivé, Révérend Prieur, annonça le prêtre. Bakrish est déjà avec lui.

Le Prieur Halmyrach se tenait debout devant un lutrin, ses pieds nus posés sur un tapis orange assorti à sa longue robe. La pièce, dont les volets étaient fermés pour faire écran aux rayons brûlants du soleil, était sombre et archaïque. Une faible lumière était diffusée par d'anciens globes à incandescence, suspendus à chaque coin. Il y avait des murs lambrissés et une cheminée dont le foyer était garni de charbon orange. Le Prieur lui tournait le dos ; son visage étroit, avec son long nez et sa bouche aux lèvres minces, semblait calme, mais il enregistrait tous les détails de la pièce, les ombres huileuses sur les boiseries des murs, le grattement des sandales du prêtre sur le sol, devant le tapis, les reflets mouvants du feu en train de mourir dans l'âtre.

Macrithy, le prêtre qui s'était adressé au Prieur, était l'un des observateurs auquel ce dernier faisait le plus confiance, mais l'apparence de l'homme, ses longs cheveux noirs avec de larges favoris encadrant un visage lisse et rond, le complet sombre à la coupe stricte et le col blanc, mettait le Prieur mal à l'aise. Macrithy ressemblait beaucoup trop à une gravure de la Seconde Inquisition. Mais on ne discutait pas des accoutrements religieux dont la liberté était garantie par la Trêve Œcuménique.

— J'ai senti son arrivée, fit le Prieur.

Puis il se retourna vers le lutrin et se mit à écrire avec une plume sur une feuille de papier ; il aimait en effet à garder vivantes les anciennes coutumes.

— C'est bien lui, cela ne fait aucun doute.

— Il a franchi les trois étapes transcendantales, dit Macrithy. Mais on ne peut être certain qu'il survivra à son épreuve et qu'il vous découvrira, vous qui l'avez appelé.

— *Découvrir* a beaucoup de sens différents, fit le Prieur. Avez-vous lu le rapport de mon frère ?

— Oui, Révérend Prieur, je l'ai lu.

Le Prieur leva les yeux de ce qu'il était en train d'écrire :

— J'ai vu la petite boîte verte, vous savez. Je l'ai aperçue lors d'une vision, juste avant que le Shriggar n'apparaisse à nos yeux. J'ai également vu mon frère et senti l'influence transcendantale de ses émotions déterminées par cet instant. Je suis fasciné de constater que la prédiction se réalise point par point, comme le Shriggar l'avait exprimée.

Il se remit à écrire.

— Révérend Prieur, dit Macrithy, c'en est fini du jeu de guerre, de la cité de verre et du temps de la politique. J'ai étudié vos notes sur la fabrication d'un dieu. Il est maintenant temps pour nous de craindre les conséquences de notre témérité.

— Et il est vrai que j'ai peur, fit le Prieur sans lever les yeux.

— Nous avons tous peur, ajouta Macrithy.

— Mais réfléchissez, dit le Prieur, ajoutant d'un geste emphatique un signe de ponctuation à son écrit, c'est notre premier *humain !* Qu'avons-nous touché par le passé ?... Une montagne sur Talies, la Pierre Qui Parle de Krinth, la Souris-Dieu sur la Vieille Terre, et autres éléments animés ou inertes du même genre. Maintenant, nous tenons notre premier dieu *humain.*

— Mais il y en a eu d'autres, protesta Macrithy.

— Oui, mais pas de *notre* fabrication !

— Nous pourrions le regretter, murmura Macrithy.

— Oh ! je le regrette déjà, fit le Prieur. Mais nous ne pouvons plus rien y faire, vous me l'accorderez.

Le jour est court, le travail est grand et les travailleurs sont paresseux, mais la récompense est immense et notre Maître nous exhorte à nous hâter.

Les Ecrits
du Prieur HALMYRACH

— On l'appelle « la cellule de la méditation-sur-la-foi », dit Bakrish, indiquant d'un geste la pièce dont la porte s'était ouverte sur Orne. Nous vous demandons de vous allonger sur le sol, à plat sur le dos. N'essayez pas de vous asseoir ou de vous lever avant que je ne vous y autorise. C'est très dangereux.

— Pourquoi ?

Orne se pencha en avant, étudiant la pièce.

C'était un lieu tout en hauteur. Les murs, le sol et le plafond semblaient faits de pierres blanches veinées de minces filets bruns comme des traces d'insectes. Une lumière d'un blanc laiteux, pâle, émise par une source invisible, éclairait la pièce. Une odeur de pierres humides et d'humus saturait l'atmosphère.

— C'est une machine psi d'une grande puissance,

expliqua Bakrish. Allongé sur le dos, vous serez relativement en sécurité. Vous pouvez me croire sur parole, j'ai déjà vu les conséquences de l'incrédulité.

Il frissonna.

Orne se racla la gorge. Il se sentait gagné par un froid intérieur. Le creux, à son estomac, avait pris la dimension d'un ballon ; l'avertissant d'un terrible danger.

— Et si je refuse de m'y soumettre ? demanda-t-il.

— Je vous en prie, plaida Bakrish. Je suis ici pour vous aider. Il est plus dangereux de revenir en arrière que d'aller de l'avant. Beaucoup plus dangereux.

Orne perçut la sincérité du ton de Bakrish et il se retourna, rencontrant une expression suppliante dans les yeux noirs du prêtre.

— Je vous en prie, répéta Bakrish.

Orne inspira profondément et s'avança dans la cellule. Il ressentit une très légère diminution du signal de danger, mais il restait là, puissant, insistant.

— Allongez-vous sur le dos, demanda Bakrish.

Orne s'étendit sur le sol. Le froid de la pierre pénétra dans son dos au travers de l'épaisse toge.

— Dès que l'épreuve sera commencée, dit Bakrish, vous n'aurez pas d'autre issue que d'aller jusqu'au bout. Souvenez-vous-en.

— Avez-vous subi cela ? demanda Orne.

Il se sentait étrangement idiot, allongé ainsi sur le sol. Bakrish, vu sous cet angle, semblait immense et puissant dans l'encadrement de la porte.

— Mais bien sûr, répondit le prêtre.

Dans la mesure où il pouvait se fier à ses facultés psi, Orne crut déceler une profonde sympathie dans la structure émotionnelle de Bakrish.

— Que trouverai-je au bout de cette épreuve ? demanda-t-il.

— C'est à chacun de le découvrir par lui-même.

— Serait-ce vraiment si dangereux pour moi de reculer maintenant ? demanda Orne. (Il se souleva sur un coude.) Je pense que vous ne faites que vous servir de moi, pour une expérience, peut-être.

Une aura de chagrin émana de Bakrish, qui déclara :

— Lorsque le savant s'aperçoit que son expérience a échoué, il n'exclut pas la possibilité de nouvelles tentatives... avec des instruments différents. Vous n'avez vraiment pas le choix. Maintenant, allongez-vous sur le dos ; vous serez plus en sécurité.

Orne s'exécuta, déclarant :

— Alors, allons-y.

— A vos ordres, fit Bakrish.

Il se recula et la porte disparut. Il n'en restait plus la moindre trace sur le mur.

Orne sentit sa gorge se dessécher. Il étudia la cellule. Elle semblait avoir environ quatre mètres de long, deux mètres de large et une dizaine de mètres de hauteur. Mais le plafond marbré était flou et Orne pensa que la pièce était peut-être encore plus haute. Le pâle éclairage pouvait avoir été conçu pour abuser les sens.

L'avertissement prescient ne l'avait pas quitté, rappel violent du danger qui l'environnait.

Soudain, la voix de Bakrish emplit la pièce. Une voix tonnante, comme surgie du néant. Elle était partout, entourant Orne, le pénétrant. Et elle disait :

— Vous êtes au sein de la machine psi. Elle vous enserre. L'épreuve que vous entamez est ancienne et exigeante. Elle a pour but de s'assurer de la qualité de votre foi. L'échec signifie la perte de votre vie, la perte de votre âme... ou des deux.

Orne serra les poings. La sueur baignait ses paumes. Il sentit en arrière-plan une brutale augmentation de l'activité psi.

« La foi ? »

Il se surprit à se remémorer son épreuve dans le bioscaphe et le rêve qui l'avait jadis hanté. « Les dieux sont fabriqués, pas engendrés. » Dans le bioscaphe, il avait reconstruit son propre être en revenant de la mort, quittant les vieux sentiers, rejetant les vieux cauchemars.

« Un test de foi ? »

En quoi pourrait-il bien avoir foi ? En lui ? Il se rappelait la période du bioscaphe et ses interrogations. Taraudé par sa conscience, il avait alors remis l'I.N. en cause. Et quelque part, au fond de lui, il avait perçu l'existence d'une ancienne fonction, faite de tendances archaïques.

Il se souvint alors de sa définition incomplète de l'existence : « Je suis un. J'existe. C'est suffisant. Je me suis donné vie. »

Voilà qui était digne de foi !

La voix de Bakrish gronda à nouveau dans la cellule :

— Immergez votre ego dans le courant mystique, Orne. Que pourriez-vous craindre ?

Orne sentit les pressions psi qui se concentraient sur lui, toutes les manifestations d'un dessein profond, secret. Il parla :

— J'aime savoir où je vais, Bakrish.

— Parfois, nous allons simplement pour aller, répliqua Bakrish.

— Idioties !

— Quand vous appuyez sur le bouton qui allume la lumière d'une chambre, dit Bakrish, vous avez foi dans le fait qu'il y aura de la lumière.

— J'ai foi en l'expérience passée, fit Orne.

— Et la première fois ? Celle de non-expérience ?

— J'ai dû être étonné.

— Possédez-vous la conscience de chacune des expériences accessibles à l'humanité ? demanda Bakrish.

— Je ne le pense pas.

— Alors, préparez-vous à des surprises. Il me faut maintenant vous informer qu'il n'existe aucun mécanisme d'éclairage dans votre cellule. La lumière que vous voyez n'existe que parce que vous la désirez et pour aucune autre raison.

— Quelle...

Les ténèbres engloutirent la pièce, noires comme le Styx, insensées. Sa prescience du péril se dressa en hurlant.

Le souffle rauque de Bakrish emplit les ténèbres :

— Ayez la foi, mon élève.

Orne lutta contre le désir impérieux de bondir sur ses pieds et de se précipiter vers le mur, pour y cogner de toutes ses forces. Il fallait qu'il y ait une porte quelque part ! Mais il sentait le caractère définitif que recelait l'avertissement du prêtre. La mort résidait dans la fuite. Il n'y avait pas de retour en arrière possible.

Une lueur vaporeuse se matérialisa tout en haut de la cellule et descendit en spirale vers Orne. « De la lumière ? » Cela ne correspondait pas à sa définition de la lumière, mais paraissait animé d'une vie propre — une source intérieure de luminescence.

Orne amena sa main droite devant ses yeux. Il n'en distingua que le contour souligné par la faible lueur. La radiation ne projetait aucune lumière dans la cellule. Le sentiment d'oppression augmentait à chaque battement de cœur.

« Il a fait noir lorsque j'ai douté », pensa Orne.

La lumière laiteuse qui avait éclairé la cellule représentait-elle une opposition aux ténèbres, une peur des ténèbres ?

Une illumination crue, scintillante, naquit dans la pièce, mais elle était encore plus faible que la précédente, et un nuage noir bouillonnait près du plafond, là où s'était tenue la radiation vaporeuse. Le nuage l'attirait comme l'obscurité totale des espaces extérieurs ; insondable.

Orne, terrifié, ne le quittait pas des yeux.

Les ténèbres insensées revinrent.

Puis, à nouveau, la lueur vaporeuse brilla près du plafond.

La peur presciente déchira Orne. Il ferma les yeux dans un effort de concentration, luttant pour chasser cette peur. Ses yeux clos, la panique diminua. Ses paupières s'ouvrirent brutalement, comme sous l'effet d'un choc.

« La peur ! »

La lueur fantomatique plongea vers lui.

Yeux fermés !

La sensation de péril imminent reflua.

Et il pensa : « Peur égale ténèbres. Les ténèbres existent même lorsque la lumière est présente. » Il calma les battements de son cœur, se concentra intérieurement. « La foi ? Cela signifie-t-il une foi aveugle ? »

La peur ramena les ténèbres. Que voulaient-ils de lui ?

« J'existe. C'est suffisant. »

Il se força à ouvrir les yeux, et fixa au-dessus de lui le vide sans éclairage de la cellule. La lueur menaçante rampa vers lui. Même dans cette obscurité totale, c'était une fausse lumière. Ce n'était pas une vraie lumière, car il ne pouvait pas voir à sa lueur. C'était de l'*antilumière*. Il détectait partout sa présence, même dans le noir.

Orne se souvint d'une époque lointaine, remontant à son enfance sur Chargon, d'un moment d'obscurité dans sa chambre à coucher. Les ombres projetées par la lune s'étaient transformées en monstres. Il avait fermé les yeux de toutes ses forces, terrifié à l'idée de devoir contempler des choses trop horribles s'il les gardait ouverts.

Fausse lumière.

Orne regarda la radiation ondulante. Une fausse lumière signifiait-elle une fausse foi ? La lueur se replia sur elle-même. L'obscurité totale signifiait-elle une totale absence de foi ? La radiation vacilla, disparut.

« Est-ce suffisant d'avoir foi en ma propre existence ? »

La cellule restait noire et menaçante. Orne respirait l'humidité de la pierre. Des bruits terrifiants infestaient les ténèbres, tâtonnements de griffes, sifflements et grattements, glissements mous et cris aigus. Orne associa chacun de ces bruits aux formes les plus effrayantes qui hantaient son imagination : lézards venimeux, monstres démentiels, serpents mortels, bêtes aux dents crochues sorties en rampant de ses cauchemars. Le sens du péril déferla sur lui comme une vague. Il resta en équilibre sur la crête.

Le rauque murmure de Bakrish se glissa dans l'obscurité.

— Vos yeux sont-ils ouverts, Orne ?

Les lèvres d'Orne tremblèrent sous l'effort qu'il fit pour répondre :

— Oui.

— Que voyez-vous ?

La question engendra une image, dansant sur le fond de ténèbres, face à Orne. Il vit Bakrish pris dans une lueur rouge, surnaturelle, son visage était tordu par la douleur, son corps bondissait, cabriolait...

— Que voyez-vous ? répéta Bakrish.

— Je vous vois. Je vous vois dans l'enfer de Sadun.

— L'enfer de Mahmud ?

— Oui. Pourquoi vois-je cela ?

— Ne préférez-vous pas la lumière, Orne ?

La voix de Bakrish trahissait la terreur.

— Mais pourquoi vous vois-je en...

Orne s'interrompit, assailli par le sentiment que quelque chose s'était glissé en lui, lentement, délibérément, qui avait examiné ses pensées, ses processus vitaux et tous ses désirs inexprimés, qui avait pesé son *âme* et l'avait cataloguée.

Une nouvelle forme de conscience s'éveilla et resta en lui. Orne savait que, s'il le voulait, Bakrish serait jeté dans le plus profond des puits de torture nés des cauchemars de Mahmud.

Il n'avait qu'à le souhaiter.

« Pourquoi pas ? » se demanda-t-il.

Puis : « Pourquoi ? »

Qui était-il pour prendre une telle décision? Bakrish avait-il mérité la haine éternelle de Mahmud ? Bakrish était-il celui qui avait entrepris de détruire l'I.N. ? Bakrish n'était qu'un valet, un simple prêtre. « Le Prieur Halmyrach, en revanche... »

Gémissements et craquements s'élevèrent dans la cellule. Une langue de feu jaillit au-dessus d'Orne, comme un javelot ardent, projetant une lueur rougeoyante sur les murs de la pièce.

Un avertissement prescient étreignit les entrailles d'Orne.

Qui était la cible convenant à la violence fanatique de Mahmud ? Si le voeu était exaucé, n'atteindrait-il qu'une seule cible ? Qu'adviendrait-il de celui qui avait émis ce vœu ? Un contrecoup était-il possible ?

« Rejoindrais-je le Prieur en enfer ? »

A cet instant, Orne avait la certitude d'être en mesure de faire une chose très dangereuse, diabolique. Il pouvait plonger un humain, l'un de ses semblables, dans les souffrances éternelles.

« Quel humain, et pourquoi ? »

Posséder un pouvoir lui donnait-il le droit de l'utiliser ? Il se sentit révolté par la tentation momentanée qui l'avait assailli. *Aucun humain ne méritait cela. Aucun humain ne l'avait jamais mérité.*

« J'existe, pensa-t-il. C'est suffisant. Aurais-je peur de moi-même ? »

Le glaive de flamme se recroquevilla, disparut. Il ne resta plus que les ténèbres avec leurs sifflements, leurs grattements, leurs mous glissements.

Orne eut conscience de sa main qui tremblait, de ses ongles griffant le sol. La compréhension jaillit en lui. *Les griffes !* Il calma le tremblement de ses mains et éclata de rire comme les bruits de griffes cessaient. Il sentit ses pieds se tordre sous les efforts inconscients qu'il faisait pour fuir. Il calma les mouvements de ses pieds. Le glissement mou, suggestif, disparut.

Ne restait plus que le sifflement.

Il comprit alors que c'était son propre souffle, luttant pour se frayer un passage entre ses dents serrées.

Le fou rire l'envahit.

La lumière !

La cellule était brillamment éclairée.

Avec une soudaine perversité, Orne repoussa la lumière et les ténèbres revinrent, des ténèbres chaudes, tranquilles.

Il savait que la machine psi qui l'entourait répondait maintenant à ses souhaits les plus intimes, à des souhaits non censurés par une conscience envahie par le doute, à des souhaits en lesquels il avait foi.

« J'existe. »

La lumière était sienne car objet de son vœu, mais ces ténèbres étaient siennes car il les avait choisies. Dans le relâchement brutal de toutes les tensions, Orne ignora l'avertissement de Bakrish et se leva. Etre resté sur le dos avait facilité la compréhension de sa propre passivité intérieure, des suppositions et des soumissions qui obscurcissaient son ego. Les nuages s'étaient maintenant dissipés. Orne sourit dans le noir, et s'écria :

— Bakrish, ouvrez la porte.

Une tentacule psi se glissa en Orne, lentement, laborieusement. Il reconnut Bakrish en lui.

— Vous pouvez voir que j'ai la foi, dit Orne. Ouvrez.

— Ouvrez vous-même, répliqua Bakrish.

Orne en émit le souhait : « Montrez-moi, Bakrish. »

Un crissement sablonneux résonna dans la cellule. Le jour pénétra dans la pièce, là où un pan de mur s'était ouvert. Orne regarda Bakrish de l'autre côté, ombre qui se découpait contre la lumière comme une statue revêtue d'une robe.

Le Hynd s'avança, puis se figea lorsqu'il vit Orne debout dans l'obscurité.

— Ne préférez-vous pas la lumière, Orne ?

— Non.
— Mais vous êtes debout, sans crainte de mon avertissement. Il faut donc que vous ayez compris le test.
— Je l'ai compris, acquiesça Orne. La machine psi obéit à ma volonté non censurée. C'est cela la foi, la volonté non censurée.
— Vous avez compris et vous choisissez quand même le noir ?
— Cela vous gêne, Bakrish ?
— Oui.
— Pour le moment, je trouve cela utile, fit Orne.
— Je vois. (Bakrish inclina sa tête au crâne rasé.) Je vous remercie de m'avoir épargné.
— Vous savez donc ? fit Orne d'un ton surpris.
— J'ai senti les flammes et la chaleur. J'ai respiré les brûlures du soufre. J'ai entendu mes propres cris d'agonie. (Bakrish secoua la tête.) La vie d'un gourou sur Amel n'est pas une vie facile. Il existe de trop nombreuses possibilités.
— Vous étiez en sécurité, dit Orne. J'ai censuré ma volonté.
— En cela réside le degré le plus éclairé de la foi, murmura Bakrish.
Il leva les mains, paumes jointes, et à nouveau s'inclina devant Orne.
Orne sortit de la cellule obscure.
— Mon épreuve est-elle maintenant terminée ?
— Oh ! non, ce n'était que la première étape, répondit Bakrish. Il y en a sept : le test de la foi, le test du miracle et ses deux faces, le test du dogme et de la cérémonie, le test de l'éthique, le test de l'idéal religieux, le test du service de l'existence et le test de la mystique personnelle. Ils ne se présentent pas obligatoirement dans cet ordre, et parfois ils ne sont pas séparés de façon distincte.
Orne sentit son impression de péril faire place à la gaieté.
— Alors, continuons, déclara-t-il.

Bakrish soupira puis s'écria :

— Saint Rama, protégez-moi !

Puis il ajouta :

— Très bien, ce sont les deux faces du miracle qui viennent ensuite.

Le sentiment de danger se manifesta à nouveau en Orne. Il lutta pour l'ignorer, pensant intensément : « J'ai foi en moi-même. Je peux dominer ma peur. »

Avec colère, il déclara :

— Plus tôt nous en aurons terminé, plus tôt je verrai le Prieur. C'est pour cela que je suis ici.

— Est-ce la seule raison ? demanda Bakrish.

Orne hésita, puis répondit :

— Non, bien sûr. Mais c'est lui qui menace l'I.N. Lorsque j'aurai résolu toutes vos énigmes, il me restera encore la sienne.

— C'est effectivement lui qui vous a appelé, dit Bakrish.

— J'ai pensé à le précipiter en enfer, déclara Orne.

Bakrish pâlit.

— Le Prieur ?

— Oui.

— Rama, protégez-nous !

— Lewis Orne vous protège, dit Orne. Allons-y.

La trame de la violence léthale massive, ce phénomène que l'on appelle guerre, est soudée par un syndrome de culpabilité/peur/haine qui se transmet, d'une manière comparable à une maladie, par le conditionnement social. Bien que l'absence d'immunité à cette maladie soit un fait typiquement humain, le mal lui-même n'est pas une condition nécessaire et naturelle à l'existence humaine. Parmi ces schémas de conditionnement qui véhiculent le virus de la guerre, peuvent se trouver : la volonté de justifier les erreurs passées, des sentiments pharisaïques et le besoin de perpétuer de tels sentiments...

Umbo Stetson.
(Conférences
à l'Ecole Antiguerre.)

Bakrish s'arrêta devant une lourde porte de bronze au fond du long hall jusqu'auquel il avait conduit Orne. Le prêtre tourna une poignée ornementée, en forme de soleil d'où s'échappaient de grands rayons. Il pesa de son épaule contre la porte, et elle s'entrouvrit avec un grincement.

— Nous ne passons pas par là d'habitude, dit-il. Ces deux tests se suivent rarement au cours de la même épreuve.

Orne franchit le seuil de la porte derrière Bakrish pour déboucher dans une salle gigantesque. Des murs de pierres et de plaston s'incurvaient pour former, très haut, un plafond en forme de dôme. D'étroites ouvertures ménagées en haut du plafond laissaient filtrer de minces rais de lumière qui coulaient jusqu'au sol au travers d'un voile doré. Le regard d'Orne suivit ces flèches brillantes vers le point où elles convergeaient, une barrière murale d'environ vingt mètres de haut et quarante à cinquante mètres de long. Le mur était comme décapité et au milieu de l'immensité de la pièce semblait inachevé, ratatiné par l'espace environnant.

Bakrish passa derrière Orne et referma la lourde porte. D'un signe de tête, il désigna la barrière murale :

— Nous allons par là.

Il s'avança dans la direction qu'il avait indiquée. Orne le suivit.

Le claquement de leurs sandales créait un étrange écho à retardement. L'odeur de pierre mouillée était amère aux narines d'Orne. Il jeta un coup d'œil sur sa gauche et vit, tout autour de la salle, des portes régulièrement espacées, des portes en bronze apparemment identiques à celle qu'ils avaient empruntée. Regardant par-dessus son épaule, il tenta de localiser cette dernière. Elle était perdue parmi ses jumelles.

Bakrish s'immobilisa à dix mètres environ du centre de l'étrange barrière murale. Orne s'arrêta à côté de lui. La surface du mur semblait être faite de plaston lisse, gris, sans marque distinctive, mais menaçante. En contemplant le mur, Orne sentit s'accroître sa peur presciente. La peur agissait sur lui comme le flux et le reflux de la marée sur une plage : Emolirdo avait cru déceler là *des possibilités infinies dans une situation fondamentalement périlleuse.*

Que pouvait-il bien y avoir dans un mur nu pour provoquer cet avertissement ?

Bakrish se tourna vers Orne :

— N'est-il pas exact, mon élève, que l'on doit obéir aux ordres de ses supérieurs ?

La voix du prêtre engendra un sourd écho dans l'immensité de la pièce.

Orne toussa pour éclaircir sa gorge desséchée.

— Si les ordres ont un sens, si ceux qui les donnent sont *réellement* supérieurs, alors je suppose que oui. Pourquoi cette question ?

— Orne, vous avez été envoyé ici comme espion, en tant qu'agent de l'I.N. Donc, en toute justice, ce qui vous arrive ici ne regarde que vos supérieurs. Pas nous.

Orne se figea.

— Où voulez-vous en venir ?

Le front de Bakrish était luisant de transpiration. Il regarda Orne ; ses yeux noirs brillaient.

— Ces machines nous terrifient parfois, Orne. Elles sont imprévisibles au sens absolu du terme. Quiconque se trouve dans leur champ peut être soumis à leur pouvoir.

— Comme tout à l'heure, lorsque vous vous teniez en équilibre au bord de l'enfer ?

— Oui.

Bakrish frissonna.

— Mais vous voulez toujours que je continue ?

— Il le faut. C'est pour vous la seule façon d'accomplir ce pour quoi vous avez été envoyé ici. Vous ne pourriez pas vous arrêter, et vous ne le voulez pas. La roue du Grand Mandala continue de tourner.

— Je n'ai pas été envoyé ici, corrigea Orne. Le Prieur m'a convoqué. Je constitue *votre* préoccupation, Bakrish. Sinon, vous ne seriez pas ici avec moi. Où est votre propre foi ?

Bakrish pressa ses paumes l'une contre l'autre, les leva à hauteur de son visage et s'inclina.

— L'élève apprend au gourou.

— Pourquoi exprimez-vous ces craintes? demanda Orne.

Le prêtre baissa les mains.

— C'est parce que vous nous soupçonnez et nous craignez encore. Je reflète vos propres angoisses. Ce sentiment conduit à la haine. Vous l'avez constaté au cours de votre premier test. Mais, dans celui que vous allez maintenant subir, la haine représente le danger suprême.

— Pour qui, Bakrish ?

— Pour vous-même, pour tous ceux que vous pourriez influencer. De ce test jaillit une forme rare de compréhension, car il est...

Il s'interrompit au son d'un craquement derrière eux. Orne se retourna et vit deux clercs qui déposaient sur le sol un lourd fauteuil, aux bras à angles droits, face à la barrière murale. Ils lancèrent vers Orne des regards effrayés, puis détalèrent en direction de l'une des portes de bronze.

— Ils me craignent, fit Orne, indiquant d'un signe de tête la porte par laquelle les clercs avaient fui. Cela signifie-t-il qu'ils me haïssent ?

— Ils éprouvent pour vous une terreur empreinte de superstition, répondit Bakrish. Ils sont prêts à vous vénérer. Je ne saurais vous dire quelle est la part de la terreur et celle de la vénération contenue dans la haine réprimée.

— Je comprends.

— Je ne fais que suivre les ordres ici, Orne, fit Bakrish. Je vous implore de ne pas me haïr, de ne haïr personne. Ne nourrissez pas de haine durant ce test.

— Pourquoi ces deux clercs éprouvent-ils de la terreur à mon égard, et pourquoi sont-ils prêts à me vénérer ? demanda Orne, le regard toujours fixé sur la porte par laquelle les clercs étaient sortis.

— La nouvelle de votre arrivée s'est répandue, répondit Bakrish. Ils connaissent ce test. La trame de notre univers est tissée en son sein. Beaucoup de choses sont en jeu ici lorsque l'on a affaire à un foyer psi potentiel. Les possibilités sont infinies.

Orne tenta de sonder Bakrish pour découvrir ses motivations. Le prêtre, de toute évidence, le sentit. Il déclara :

— Je suis terrifié. C'est cela que vous vouliez savoir ?

— Pourquoi ?

— Au cours de ma propre épreuve, ce test se révéla presque fatal. Je portais en moi un noyau de haine. Ce lieu me bouleverse encore profondément, même maintenant.

Il frémit.

Orne découvrit chez le prêtre une peur vacillante.

— Je considérerais comme une faveur que vous acceptiez de prier maintenant avec moi, fit Bakrish.

— Prier qui ? demanda Orne.

— N'importe quelle force en laquelle nous avons foi, répondit Bakrish. Prier pour nous-mêmes, prier le Dieu Unique, ou bien l'un pour l'autre. Cela n'a pas d'importance, mais prier nous aidera.

Le prêtre joignit les mains, courba la tête.

Après un instant d'hésitation Orne l'imita.

Qu'est-ce qui est le mieux : un bon ami, un bon cœur, un bon œil, un bon voisin, une bonne épouse, ou la compréhension des conséquences ? Rien de tout cela. Une âme chaude et sensible qui connaît la valeur de l'amitié et le prix de la dignité individuelle, voilà ce qui est le mieux.

L'étudiant BAKRISH
à son gourou.

— Pourquoi avez-vous choisi Bakrish pour le guider à travers l'épreuve ? demanda Macrithy au Prieur.

Ils étaient dans le bureau du Prieur. Macrithy était revenu pour annoncer qu'Orne avait passé le premier test. Une odeur de soufre se dégageait de la pièce et Macrithy éprouvait une pénible sensation de chaleur bien que le feu dans la cheminée se fût éteint.

Le Prieur inclina la tête au-dessus du lutrin, puis parla sans se retourner, ignorant le fait que Macrithy avait revendiqué pour lui-même l'honneur de guider Orne.

— J'ai choisi Bakrish à cause de quelque chose qu'il a dit lorsqu'il était mon élève, murmura le Prieur. Vous savez, il y a des moments où même un dieu a besoin d'un ami.

— Quelle est cette odeur? demanda Macrithy. Avez-vous fait brûler quelque étrange produit dans la cheminée, Révérend Prieur?

— J'ai frotté mon âme au feu de l'enfer, répondit le Prieur, conscient que son ton trahissait son mécontentement à l'égard de Macrithy.

En guise d'apaisement, il ajouta :

— Priez pour moi, mon cher ami. Priez pour moi.

L'enseignant qui n'apprend pas de son élève n'enseigne pas. L'élève qui ricane face au savoir vrai de son professeur est comme celui qui choisit les grappes vertes et dédaigne le doux fruit de la vigne qui a pu prendre le temps de parvenir à maturité.

Maximes des Prieurs.

Il vous faut vous asseoir sur ce siège, dit Bakrish après qu'il eurent fini de prier.

Il indiqua l'horrible objet trapu qui faisait face à la barrière murale.

Orne regarda le fauteuil, remarquant une demi-sphère métallique en équilibre au-dessus du siège duquel émanait une tension presciente. Il sentit les battements de son cœur augmenter l'intensité de cet instant.

« *Parfois nous allons simplement pour aller.* » Ces mots résonnaient à sa mémoire et il se demandait qui les avait prononcés. La grande roue continuait de tourner.

Orne s'avança vers le fauteuil et y prit place.

Alors qu'il s'asseyait, il sentit s'aiguiser son sens du péril. Des bandes métalliques jaillies d'invisibles ouvertures emprisonnèrent ses bras, encerclèrent son torse et ses jambes. Il lutta pour se dégager de ces entraves, se débattant violemment.

— Ne résistez pas, l'avertit Bakrish. Vous ne pourrez pas vous échapper.

— Pourquoi ne m'avez-vous pas prévenu que je serais attaché ? demanda Orne.

— Je ne le savais pas. Sincèrement. Cette chaise est un élément de la machine psi et, à travers vous, est animée d'une vie propre. Je vous en prie, Orne, je vous le demande en ami : ne luttez pas, ne nous haïssez pas. La haine décuple votre potentiel de destruction. Elle peut être cause de votre échec.

— Et que je vous y entraîne avec moi ?

— Vraisemblablement, répliqua Bakrish. On ne peut pas échapper aux conséquences de sa haine. (Ses yeux parcoururent l'immense salle.) Et, une fois, j'ai haï en ce lieu.

Il soupira, se plaça derrière le fauteuil et amena la demi-sphère à la verticale de la tête d'Orne.

— Ne faites aucun mouvement brusque, et n'essayez pas de vous dégager. Sans quoi les microfilaments des sondes qui se trouvent dans cet appareil vous causeraient de violentes douleurs.

Bakrish abaissa la demi-sphère.

Orne sentit un contact se faire en de nombreux endroits de son cuir chevelu, une sensation de fourmillement, de démangeaison.

— Qu'est-ce que c'est ? demanda-t-il.

Sa voix résonna étrangement à ses propres oreilles. Et, soudain, il s'interrogea : « Pourquoi me suis-je prêté à cela ? Pourquoi devrais-je toujours les croire sur parole ? »

— C'est l'une des plus grandes machines psi, répondit Bakrish.

Il régla quelque chose sur le dossier de la chaise. Il y eut un bruit métallique.

— Voyez-vous le mur en face de vous ?

Orne regarda droit devant lui, juste en dessous du bord de la demi-sphère.

— Oui.

— Observez-le bien, fit Bakrish. Il peut refléter vos désirs les plus latents. Avec cette machine, vous pouvez accomplir des miracles. Vous pouvez rappeler les morts, faire nombre de prodiges. Vous êtes peut-être au seuil d'une profonde expérience mystique.

Orne avait la gorge sèche.

— Si je désirais que mon père y apparaisse, le ferait-il ?

— Est-il décédé ?

— Oui.

— Alors, cela se pourrait.

— Ce serait vraiment mon père, vivant..., en personne ?

— Oui. Mais permettez-moi de vous avertir : ce que vous pourrez voir ici ne sera pas de nature hallucinatoire. Si vous réussissez à rappeler les morts, ce que vous rappellerez sera ce mort et... quelque chose de plus.

Le bras droit d'Orne était engourdi. Il avait une envie furieuse de se gratter.

— Que voulez-vous dire par *quelque chose de plus ?*

— C'est un paradoxe vivant, répondit Bakrish. Toute créature qui se manifestera ici de par votre volonté pourra être investie de votre psychisme aussi bien que du sien propre. Son essence empiétera sur la vôtre selon des schémas qu'il est impossible de prévoir. Tous vos souvenirs lui seront accessibles.

— Mes souvenirs ? Mais...

— Ecoutez-moi bien, Orne. C'est très important. Dans certains cas, ceux que vous aurez créés comprendront parfaitement leur dualité. D'autres, en revanche, refuseront d'admettre que vous avez une part dans leur création. Elles pourront ne pas avoir la capacité d'accepter cette dépendance. Certaines d'entre elles pourraient même manquer d'intelligence.

Orne sentit que le discours de Bakrish était guidé par la peur, mais aussi par la sincérité. « *Il croit en tout cela* », pensa-t-il. Ce qui, sans les rendre tout à fait vraisemblables, ajoutait un poids singulier aux paroles du prêtre.

— Pourquoi suis-je prisonnier de cette chaise? demanda-t-il.

— Je ne le sais pas avec certitude. Peut-être était-il important que vous ne puissiez pas vous fuir vous-même. (Bakrish posa une main sur l'épaule d'Orne, la pressa doucement.) Je dois partir maintenant, mais je prierai pour vous. Puisse la grâce et la foi vous guider.

Orne entendit un froissement d'étoffe tandis que le prêtre s'éloignait. Une porte claqua avec un bruit sec, creux, qui se perdit dans l'immensité de l'espace environnant. Une solitude infinie s'abattit sur Orne.

Quelques instants plus tard, un léger bourdonnement, comme celui d'une lointaine abeille, devint audible. L'amplificateur psi implanté dans la nuque d'Orne le tiraillа douloureusement, et il sentit tout autour de lui les éclats des forces psi. La barrière murale, scintillante, s'anima, devint d'un vert riche, transparent. Elle ondula sous l'iridescence de filaments pourpres qui se tordaient, se contorsionnaient comme une multitude de vers luisants prisonniers d'un aquarium verdâtre.

Orne respirait avec difficulté. La peur le martelait. Les filaments pourpres qui ondulaient exerçaient sur lui une fascination hypnotique. Certains semblaient se détacher du mur pour venir à sa rencontre. Les contours du visage de Diana se dessinèrent un instant au sein de ce réseau irisé. Il essaya de retenir cette image, mais la vit se dissoudre.

« Je ne veux pas d'elle ici, en ces lieux menaçants », songea-t-il avec force.

Des ombres difformes rampèrent sur le mur. Elles fusionnèrent brusquement pour former la silhouette d'un Shriggar, le lézard Chargonian aux dents de scie que les mères invoquent pour effrayer les enfants désobéissants. L'image se précisa. Apparurent les plaques d'écailles jaunes, les yeux pédonculés.

Pour Orne, le temps se ralentit, adopta une allure grinçante, terrifiante. Il repensa à son enfance sur Chargon, à ses terreurs, et il se dit : « Mais même à cette époque, les Shriggars avaient disparu. Mon arrière-arrière-grand-père a vu le dernier spécimen. »

Les souvenirs persistaient, l'attirant dans un puits étroit, rempli d'échos vides qui suggéraient la folie, les délires de la drogue. Profond..., profond..., profond. Un rire enfantin, une cuisine, sa mère... jeune encore. Et ses sœurs hurlant et se moquant tandis qu'honteux il se faisait tout petit. Il avait trois ans et s'était précipité dans la maison, bégayant de terreur pour expliquer qu'il avait vu un Shriggar dans l'ombre des gorges du fleuve.

Et les filles qui riaient ! Les sales gamines ! « Il croit qu'il a vu un Shriggar ! — Taisez-vous, à présent, vous deux. » Une touche d'amusement, même dans la voix de sa mère. Il le savait, maintenant.

Sur le mur vert, la forme du Shriggar prit du relief. Une patte griffue jaillit, se posa sur le sol. Le Shriggar se détacha du mur. Il était deux fois plus grand qu'un homme et ses yeux pédonculés se tordaient à droite, à gauche...

Orne récupéra sa conscience du fond de ses souvenirs, et sentit un sanglot de douleur monter en lui lorsque le mouvement de sa tête dérangea le réseau des microfilaments.

Le Shriggar, pattes griffant le sol, fit trois pas prudents dans la pièce.

Orne sentit dans sa bouche le fiel de la terreur.

« Mes ancêtres furent traqués par de telles créatures », pensa-t-il. La panique était dans ses gènes. Il en eut conscience , tous ses sens concentrés sur le lézard de cauchemar.

Les écailles jaunâtres crissaient chaque fois que la chose inspirait. La tête étroite, évoquant celle d'un oiseau, se tordit sur le côté, s'abaissa. Le bec s'ouvrit, dévoilant une langue fourchue et des dents de scie.

Poussé par un instinct primaire, Orne se colla contre le dossier du fauteuil. Il respirait la puanteur dégagée par la créature, sirupeuse avec un arrière-goût de lait tourné et de vase.

Le Shriggar agita la tête et toussa : « Tchunk ! » Les yeux se déplacèrent, vinrent se fixer sur Orne. Une patte griffue se souleva et se projeta en avant, en direction de l'homme prisonnier du fauteuil. Le bond amena la bête à environ quatre mètres d'Orne. Le Shriggar inclina la tête et étudia l'homme.

L'horrible puanteur de la bête annihilait presque tous les sens d'Orne. Il réussit à lever la tête, conscient d'un douloureux pincement à la poitrine : les deux yeux le scrutaient.

Derrière le Shriggar, le mur vert, arrière-plan flou, continuait à onduler de filaments pourpres. Orne ne parvenait pas à détacher son regard du lézard monstrueux. Le Shriggar s'aventura plus près. Orne sentit s'infiltrer en lui le limon fétide du souffle de la bête.

« Il faut que ce soit une hallucination, se raisonna-t-il. Peu importe ce qu'a affirmé Bakrish : c'est une hallucination. Le Shriggar appartient à une espèce disparue. » Une autre pensée l'assaillit, comme inspirée par le balancement du terrible bec du lézard : « Les prêtres d'Amel auraient pu élever quelques spécimens pour leur zoo. Qui pouvait savoir ce qui se tramait ici au nom de la religion ? »

Le Shriggar pencha la tête de l'autre côté ; ses yeux n'étaient plus qu'à un mètre environ du visage d'Orne.

Quelque chose d'autre se solidifia sur le mur vert. Orne, sans bouger la tête, porta son regard vers cette nouvelle apparition.

Deux enfants, en tenue de plage, gambadaient sur le sol pavé. Leurs pas résonnèrent. Des rires et des babillements se répercutèrent dans le vide immense du dôme. L'une des enfants semblait avoir environ cinq ans, l'autre était un peu plus âgée, huit ans peut-être. Elles avaient la forte charpente des natifs de Chargon. La plus grande des deux portait un petit seau et une pelle. Elles s'arrêtèrent soudain et regardèrent autour d'elles dans un silence surpris.

La plus petite demanda :

— Maddie, où sommes-nous ?

Au son de cette voix, le Shriggar tourna la tête et pencha ses yeux pédonculés sur les enfants.

La plus âgée hurla.

Le Shriggar pivota et, griffes dérapant sur le sol, bondit.

Horrifié, Orne reconnut les deux enfants : ses deux sœurs, celles qui avaient ri de ses pleurs terrifiés, en ce jour si lointain. C'était comme s'il avait donné vie à cet incident dans le seul but de satisfaire sa haine, d'infliger à ces gamines la réalité de la chose dont elles s'étaient moquées.

— Fuyez ! s'écria-t-il. Fuyez !

Mais les gamines, figés par la terreur, n'esquissèrent pas le moindre mouvement.

Le Shriggar s'élança vers les petites, les cachant à la vue d'Orne. Un cri d'enfant s'éleva puis s'interrompit brutalement. Incapable de freiner son élan, le Shriggar heurta le mur vert et s'y fondit, en un amas confus de lignes.

La plus âgée des filettes était étendue sur le sol, tenant toujours son seau et sa pelle. Une tache rouge maculait la pierre, à côté d'elle. Son regard se posa sur Orne et, lentement, elle se releva.

« Tout cela ne peut être réel, pensa Orne. Peu importe ce que Bakrish a dit. »

Il regarda le mur, s'attendant à voir le Shriggar réapparaître, mais conscient malgré tout que la bête avait rempli son rôle. Sans dire un mot, le Shriggar lui avait parlé. Il sut que cela avait réellement été une partie de son être. C'était ce que Bakrish avait voulu exprimer. Cette chose était *ma bête.*

La petite fille s'avança vers Orne, balançant son seau. Sa main droite serrait la pelle. Elle ne quittait pas Orne des yeux.

« C'est Maddie, pensa-t-il. C'est Maddie telle qu'elle était. Mais, maintenant, c'est une femme mariée, avec des enfants. Qu'ai-je donc créé ? »

Des grains de sable collaient aux jambes et aux joues de la gamine. L'une de ses tresses rousses pendait, à moitié défaite. Elle semblait furieuse, tremblant d'une colère enfantine. Elle s'arrêta à quelque deux mètres d'Orne.

— C'est toi qui as fait ça ! lança-t-elle d'un ton accusateur.

Orne frémit à la folie contenue dans la voix de la fillette.

— Tu as tué Laurie ! s'écria-t-elle. C'est toi !

— Non, Maddie. Non, souffla Orne.

Elle leva son seau et lui en jeta le contenu au visage. Il ferma les yeux et sentit le déluge de sable s'abattre sur lui, l'entendit cribler la demi-sphère qui enserrait sa tête. Le sable coula le long de ses joues, tomba sur ses bras, sa poitrine, ses genoux. Il secoua la tête pour se débarrasser des grains minuscules et un éclair de douleur le traversa, le brusque mouvement ayant déconnecté les microfilaments implantés dans son cuir chevelu.

Par les fentes de ses paupières, Orne vit les lignes mouvantes du mur vert bondir dans une débauche de formes, se courber, se tordre, s'élancer. Orne contemplait ce délire de vert et de pourpre à travers le voile écarlate de la douleur. Il se souvint que le prêtre l'avait averti que toute vie qu'il pourrait rappeler ici contiendrait son propre psychisme à lui, aussi bien que le sien, à elle.

— Maddie, supplia-t-il, je t'en prie, essaie de comp...

— Tu as essayé d'entrer dans ma tête ! hurla-t-elle. Je t'ai mis dehors et tu ne peux plus revenir !

Bakrish avait dit : « D'autres refuseront d'admettre que vous avez une part dans leur création. » Maddie enfant l'avait rejeté parce que son esprit de filette de huit ans ne pouvait pas accepter une telle expérience.

Admettant cela, Orne reconnaissait implicitement qu'il acceptait cet événement comme une réalité et non une hallucination. « Que pourrais-je lui dire ? Comment pourrais-je défaire ce que j'ai fait ? » se demanda-t-il.

— Je vais te tuer ! s'écria Maddie.

Elle se précipita sur lui, balançant sa petite pelle. Un éclair de lumière jaillit de la minuscule lame. Elle s'abattit sur son bras droit, et la douleur explosa à cet endroit. Le sang noircit la manche de sa toge.

Orne se sentait pris dans les filets de ce cauchemar. Des mots se bousculaient sur ses lèvres :

— Maddie ! Arrête, ou Dieu te punira !

La fillette recula, se préparant à un nouvel assaut.

Un mouvement sur le mur attira l'attention d'Orne. Une silhouette vêtue d'une robe blanche et coiffée d'un turban rouge se détacha de la barrière et s'avança à grands pas : un homme de haute taille aux yeux brillants et au visage torturé d'ascète que terminait une longue barbe grise séparée en deux, selon le style soufi.

Orne murmura son nom :

— Mahmud !

Une gigantesque tri-di de cette silhouette, de ce visage, ornait tout le mur du fond de la mosquée intérieure qu'Orne avait fréquentée sur Chargon.

« Dieu te punira ! »

Il se souvint de s'être tenu devant cette image avec

l'un de ses oncles, de l'avoir contemplée, de s'être incliné devant elle.

Mahmud arriva derrière la petite fille, lui saisit le bras alors qu'elle s'apprêtait à assener un nouveau coup de sa pelle. Elle se contorsionna, se débattit, mais il la tenait fermement, lui tordant le bras lentement, méthodiquement. Un os se brisa avec un bruit sec. L'enfant hurla, hurla, hurla...

— Non ! s'écria Orne.

D'une voix grave, tonnante, Mahmud déclara :

— On n'ordonne pas à l'agent de Dieu de mettre fin à Son juste châtiment.

Il empoigna la gamine par les cheveux, ramassa la pelle qui était tombée et en abattit le tranchant sur la gorge offerte.

Le hurlement s'arrêta. Le sang jaillit, éclaboussant la robe blanche de Mahmud. Il laissa s'effondrer sur le sol la petite forme à présent flasque, lâcha la pelle puis se tourna vers Orne.

« Un cauchemar ! pensa Orne. Il faut que ce soit un cauchemar ! »

— Vous croyez que c'est un cauchemar, gronda Mahmud.

Orne se rappela ce que Bakrish avait dit : si cette créature était réelle, elle pourrait penser avec ses propres souvenirs. Il repoussa cette idée.

— Vous êtes un cauchemar.

— Votre création a accompli son œuvre, dit Mahmud. Il fallait que cela soit fait, et vous le savez. C'était l'incarnation de la haine, non de l'amour. Vous en aviez été averti.

Orne se sentit coupable, malade et furieux. Il se souvint que ce test impliquait la compréhension des miracles.

— Etait-ce supposé constituer un miracle ? demanda-t-il. Etait-ce bien là une profonde expérience mystique ?

— Vous auriez dû parler au Shriggar, répliqua Mahmud. Il aurait discuté de cités de verre, des significations de la guerre, de politique et de sujets du même ordre. Je serai plus exigeant. Tout d'abord, je voudrais savoir ce qui, d'après vous, constitue un miracle.

Le temps sembla s'arrêter autour d'Orne. La peur presciente paralysa ses fonctions vitales.

— Qu'est-ce qu'un miracle ? demanda Mahmud.

Orne sentit reprendre les sourds battements de son cœur. Il avait du mal à se concentrer sur la question. Il balbutia :

— Etes-vous vraiment un agent de Dieu ?

— Arguties et étiquettes ! aboya Mahmud. N'avez-vous encore rien appris ? L'univers est un tout ! Vous ne pouvez pas le découper mesquinement en morceaux à votre convenance ! L'univers existe au-delà des étiquettes !

Un fourmillement de folie parcourut Orne. Il se sentait en équilibre au bord du chaos. « Qu'est-ce qu'un miracle ? » se demanda-t-il. Il se remémora les paroles didactiques d'Emolirdo : *chaos..., ordre..., énergie... Psi égale miracles.*

« Des mots, toujours des mots. »

Où était sa foi ?

« J'existe, pensa-t-il. C'est suffisant. »

— Je suis un miracle, déclara-t-il.

— Ohhhh ! très bien, fit Mahmud. Foyer psi, hein ? L'énergie du chaos stabilisée. Mais, un miracle, est-ce bien ou mal ?

Orne frissonna, reprit son souffle :

— J'ai toujours entendu dire que les miracles étaient bons, mais, en réalité, ils n'ont pas à être bons ou mauvais. Le bien et le mal se rapportent aux motivations. Les miracles existent, c'est tout.

— Les hommes ont des motivations, fit Mahmud.

— Les hommes peuvent être bons ou mauvais selon les définitions qu'ils choisissent. Où est le miracle dans tout cela ?

Mahmud baissa les yeux sur Orne :

— Et vous, êtes-vous bon ou mauvais ?

Orne lui rendit son regard. Triompher de ce test de l'épreuve avait pris pour lui une importance capitale. Il acceptait maintenant le fait que Mahmud soit réel. Qu'est-ce que le prophète essayait de lui faire dire ?

— Comment pourrais-je être bon ou mauvais pour moi-même ? demanda-t-il.

— Est-ce votre réponse ?

Orne sentit la menace que recelait cette interrogation.

— Vous voulez me faire dire que les hommes ont créé les dieux pour imposer leurs définitions du bien et du mal !

— Oh ? Est-ce là la source de la piété ? Allons, mon ami. Je connais votre esprit : il contient la réponse.

« Suis-je bon ou mauvais ? » se demanda Orne. Il s'efforça de se concentrer sur cette question, mais il avait l'impression de remonter un torrent à contre-courant. Ses pensées roulaient, tourbillonnaient, menaçant de se fracasser. Il déclara :

— Je suis... Si je ne fais qu'un avec l'univers, alors je suis Dieu. Je suis création. Je suis *le* miracle ? Comment cela pourrait-il être bien *ou* mal ?

— Et la création ? demanda Mahmud. Répondez ! Cessez de tourner autour du pot !

Orne déglutit, se remémora les scènes cauchemardesques de ce test. *La création ?* Il se demanda si la grande machine psi amplifiait cette énergie que les humains appellent religion.

« Bakrish a affirmé qu'ici je pourrais ramener les morts à la vie, pensa-t-il. La religion est seule supposée avoir ce pouvoir. Mais comment puis-je séparer psi de la religion, de la création. Le Mahmud original est mort depuis des siècles. Si je l'ai recréé, dans quelle mesure ses questions se rapportent-elles à moi ? »

Et il y avait toujours la possibilité que tout cela ne soit qu'une forme d'hallucination, en dépit du sens aigu de réalité projeté par les événements.

— Vous *connaissez* la réponse, insista Mahmud.

Acculé dans ses derniers retranchements, Orne dit :

— Par définition, une création peut agir indépendamment de son créateur. *Vous* êtes indépendant de moi bien que vous soyez une partie de moi. Je vous ai libéré, je vous ai donné la liberté. Comment pourrais-je donc vous juger ? Vous ne pouvez pas être bien ou mal, excepté à vos propres yeux. Pas plus que moi je le peux !

Exultant, il demanda :

— Suis-je bien ou mal, Mahmud ?

— Tu l'as dit pour toi-même et, pour cela, tu renais dans l'innocence, murmura Mahmud. Tu as appris ta leçon et je te bénis pour cela.

La silhouette blanche se baissa, souleva l'enfant mort. Il y avait une étrange tendresse dans les mouvements de Mahmud. Il se retourna, et se dirigea vers les ondulations vertes du mur. Le manteau du silence s'abattit sur la pièce. Les filaments pourpres devinrent presque statiques, comme pris d'une visqueuse torpeur.

Orne avait conscience de son corps baigné de transpiration, de son bras qui palpitait, là où Maddie l'avait entaillé, de sa tête qui le faisait souffrir, et de son souffle qui s'échappait en sanglots rauques, comme s'il avait trop longtemps couru.

Un bruit métallique résonna derrière lui. Le mur reprit son apparence grise, neutre. Des pas claquèrent sur le sol. Des mains s'affairèrent autour de la demi-sphère, la soulevèrent doucement. Les liens qui l'avaient maintenu prisonnier tombèrent.

Bakrish contourna le fauteuil pour se placer face à Orne.

— Vous m'aviez prévenu que c'était une véritable épreuve, fit Orne d'une voix haletante.

— Et je vous avais prévenu au sujet de la haine, dit Bakrish. Mais vous êtes vivant et en possession de votre âme.

— Comment savez-vous que j'ai toujours mon âme ?

— C'est quand elle est absente que l'on sait, murmura Bakrish. (Il jeta un coup d'œil sur le bras entaillé d'Orne.) Il faut qu'on vous fasse un pansement. Il fait nuit maintenant, et il est temps d'aborder l'étape suivante.

— Nuit ?

Orne leva les yeux vers les fentes du dôme. Elles s'ouvraient sur l'obscurité piquée d'étoiles. Il reporta son attention sur l'immense salle et se rendit compte que la lumière crue de globes à incandescence avait remplacé la lumière du jour.

— Les heures passent vite ici, constata-t-il.

— Pour certains, oui, soupira Bakrish. Pour d'autres, non. (Il fit signe à Orne de se lever.) Venez avec moi.

— Laissez-moi me reposer un peu. Je suis épuisé.

— Nous vous donnerons une pilule énergétique quand nous soignerons votre bras. Allez, dépêchez-vous !

— Pourquoi tant de hâte ? Que suis-je censé faire maintenant ?

— Il est évident que vous avez compris les deux faces du miracle, répondit Bakrish. Je remarque que vous avez une mystique personnelle, une éthique au service de la vie, mais votre épreuve est loin d'être terminée et le temps presse.

— Qu'est-ce qui vient maintenant ? demanda Orne.

— Il vous faut traverser l'ombre du dogme et de la cérémonie. Il est écrit que la motivation est mère de l'éthique et que la prudence est sœur de la peur...

Bakrish s'interrompit puis ajouta :

— ... et la peur est fille de la douleur.

Le silence est gardien de la sagesse, mais les lourdes plaisanteries et la frivolité précipitent un homme dans sa propre ignorance. Où règne l'ignorance, il n'y a pas de compréhension de Dieu.

Maximes des Prieurs.

— Il fait preuve d'une délicate retenue, dit le Prieur. Voilà ce qui me frappe en lui : une délicate retenue. Il ne *joue* pas avec ses pouvoirs.

Le Prieur était assis sur un petit tabouret devant la cheminée. Macrithy se tenait derrière lui, faisant son dernier rapport sur Orne. Malgré la note d'espoir contenue dans ses paroles, il y avait de la tristesse dans la voix du Prieur.

Macrithy le remarqua et déclara :

— Moi aussi, j'ai observé qu'il n'a pas appelé sa fiancée à ses côtés, ni tenté d'autres expériences avec la Grande Machine. Dites-moi, Révérend Prieur, pourquoi ne semblez-vous pas heureux de ce fait ?

— Orne y réfléchira lui-même, avec le temps. Il

s'apercevra qu'il n'a pas besoin de la machine pour réaliser ce qu'il désire. Et qu'arrivera-t-il alors, cher ami ?

— Vous ne doutez pas qu'il soit bien le dieu que vous avez appelé ?

— Je n'ai plus le moindre doute. Et lorsqu'il découvrira ses immenses pouvoirs...

— Il se mettra à votre recherche, Révérend Prieur.

— Et, bien entendu, il n'y aura aucun moyen de l'arrêter. Je ne veux même pas que l'on essaie. Il n'existe qu'un défi auquel je prie qu'il accepte de faire face.

— Nous avons stoppé la Pierre Qui Parle, risqua Macrithy.

— Vraiment ? Ou ne s'est-elle pas retirée par jeu, ayant trouvé un autre but dans l'existence ?

Macrithy enfouit son visage dans ses mains.

— Révérend Prieur, quand cesserons-nous ces terribles explorations dans des régions où nous n'avons pas le droit d'aller ?

— Pas le droit ?

— Quand cesserons-nous ?

Macrithy baissa les mains, dévoilant des sillons de larmes le long de ses joues rondes.

— Nous n'arrêterons qu'à notre totale extinction, répondit la Prieur.

— Mais pourquoi ? Pourquoi ?

— Parce que nous avons commencé ainsi, cher ami. Ceci a commencé, a eu un commencement. C'est l'autre signification de la découverte. Cela signifie mettre à jour ce qui a toujours été, ce qui est sans commencement et sans fin. Nous nous abusons nous-mêmes, comprenez-vous ? Nous découpons un segment d'*éternellement* et nous déclarons : « Vous voyez ! C'est ici que cela a commencé, et c'est ici que cela se termine ! » Mais ce n'est que l'expression de notre étroit point de vue.

L'ordre implique la loi. Ainsi posons-nous la formule qui aide à notre compréhension de l'ordre, nous permettant de prédire l'ordre, ou sinon d'en admettre la notion. Mais aller jusqu'à affirmer que la loi nécessite l'intention est un autre problème. Cela, en effet, ne découle en aucun cas de l'existence de la loi. En fait, la conscience de l'éternité ouvre plutôt des horizons contraires. L'intention exige un commencement : d'abord l'intention, puis la loi. L'essence de l'éternité n'est ni commencement ni fin. Sans commencement, pas d'intention, pas d'éternelle motivation. Sans fin, pas de but ultime, pas de jugement. De ces données, nous posons en postulat que le péché et le crime, produits de l'intention, ne sont pas des dérivées constantes de l'éternité. Et, à l'extrême, des concepts tels péché-crime-jugement exigent des commencements, se présentant ainsi comme des segments de l'éternité. Ces concepts sont des moyens de traiter de loi finie, et, incidemment, de problèmes éternels. C'est ainsi que nous comprenons combien limitées et limitatives sont nos projections sur Dieu.

Le Prieur HALMYRACH.
(Le Défi de l'Eternité.)

La morsure de l'air froid de la nuit était atténuée par l'épaisseur de la toge que portait Orne. Bakrish l'avait conduit dans un grand parc entouré par les complexes religieux. Des oiseaux gazouillaient dans les arbres enfouis sous l'ombre épaisse. L'endroit sentait l'herbe fraîchement coupée. Il n'y avait aucune lumière artificielle dans les environs immédiats, mais Bakrish s'avançait le long d'un petit sentier comme s'il faisait jour, et Orne suivait la tache claire de la robe du prêtre.

Devant eux, la masse sombre d'une colline se découpait contre le ciel étoilé. Sur son flanc serpentait une ligne mouvante de lumières.

Le bras blessé d'Orne le faisait souffrir, mais une tablette énergétique avait dissipé sa faiblesse.

Bakrish s'adressa à lui par-dessus son épaule :

— Les lumières sont portées par des étudiants, chacun d'eux accompagné d'un prêtre. Chaque élève a un bâton de deux mètres de long au bout duquel se trouve une boîte lumineuse. La boîte comporte quatre faces translucides, chacune d'une teinte différente, rouge, bleue, jaune et verte, comme vous pouvez le constater.

Orne observa les lumières qui scintillaient sur la colline obscure, comme des insectes phosphorescents.

— Quelle est la raison de tout cela ?

— Ils manifestent leur piété.

— Pourquoi ces quatre couleurs ?

— Ahhhh ! le rouge est pour le sang que vous consacrez, le bleu pour la vérité, le jaune pour la richesse de l'expérience religieuse, et le vert pour la croissance de la vie.

— En quoi l'escalade d'une montagne peut-elle être une preuve de piété ?

— Ils le *font* !

Bakrish pressa le pas, déserta le sentier pour franchir une étroite bande de pelouse. Orne trébucha, se dépêcha pour rattraper le prêtre. Il se demandait à nouveau pourquoi il avait accepté de subir cette *épreuve*. Parce qu'elle pouvait le conduire au Prieur ? Parce que Stetson lui avait ordonné d'aller jusqu'au bout de sa mission ? A cause de son serment à l'I.N. ? Aucune de ces raisons ne lui semblait suffisante. Il se sentait prisonnier d'une voie étroite qu'il pourrait quitter aussi facilement que Bakrish avait quitté le chemin derrière eux.

Le prêtre s'arrêta devant une petite porte ouverte, creusée dans un mur de pierre, et Orne s'aperçut qu'une file de gens silencieux en franchissait le seuil. Des mains, dans la file, se tendaient pour saisir de longs bâtons rangés dans un râtelier à côté de la porte. Au-delà du mur, les lumières éclataient en cubes quadrichromiques. Orne sentit l'odeur de la transpiration humaine, il entendit les glissements feutrés des pas, les froissements d'étoffe des robes. Parfois résonnait un toussotement, mais aucune parole n'était échangée.

Bakrish prit une perche dans le râtelier et en tourna la base. Une lueur brilla dans la boîte suspendue au sommet du bâton. La face rouge du cube était tournée vers la procession qui passait par la porte, projetant un éclat pourpre sur les gens, un étudiant, un prêtre, un prêtre, un étudiant, yeux baissés, expressions graves et intenses.

— Tenez.

Bakrish fourra la perche dans les mains d'Orne. Le bois était lisse et huileux au toucher. Orne voulut demander ce qu'il était supposé en faire, à part le porter... si toutefois..., mais le silence qui régnait dans la procession l'en découragea. Il se sentait idiot à brandir ainsi cet engin. Que pouvaient-ils bien faire ici ? Et pourquoi attendaient-ils maintenant ?

Bakrish lui saisit le bras et murmura :

— Voici la fin de la procession, prenez place ici. Je vous suivrai. Et portez bien haut votre lumière.

— Chhhhhhhut ! fit quelqu'un dans la file.

Orne repéra une vague silhouette à la queue de la procession et lui emboîta le pas. Aussitôt, l'avertissement prescient lui sapa toute énergie. Il trébucha, chancela.

— Avancez ! Avancez ! souffla Bakrish.

Orne reprit sa marche, mais il sentait toujours comme un cri strident le creux dans ses entrailles. Sa lanterne éclairait le prêtre qui le précédait, l'entourant d'un halo verdâtre.

Un murmure rythmé s'éleva de la procession, d'abord loin devant, puis se faisant de plus en plus fort au fur et à mesure qu'il était repris par la file, étouffant les glissements et les froissements des robes, submergeant les jacassements des insectes dissimulés dans les hautes herbes qui bordaient le sentier. C'était une litanie, sans paroles : « Ahhh-ah-huh ! Ahhh-ah-huh ! »

La pente du chemin se raidit, méandres se repliant sur eux-mêmes, sinuosités serpentant vers le sommet de la colline, lumières vacillantes, formes estompées, psalmodie, racines au milieu du chemin, trébuchements, pierres, plaques glissantes. Air froid.

Bakrish souffla à l'oreille d'Orne :

— Vous ne chantez pas !

La conscience d'un danger et l'impression d'être tout à fait déplacé en ce lieu poussèrent Orne à se rebeller.

— Je ne me sens pas en voix ce soir ! murmura-t-il.

Ahhh-ah-huh ! Quelle absurdité. Il avait envie de jeter sa lanterne au pied de la colline et de s'enfoncer dans la nuit.

La file et la litanie s'arrêtèrent au même moment, si brusquement qu'Orne faillit rentrer dans le prêtre devant lui. Il trébucha, reprit son équilibre et redressa sa perche pour éviter de blesser quelqu'un. Les gens se pressaient tout autour de lui, quittant la piste. Il suivit le mouvement, traversant un taillis derrière lequel se dressait un petit amphithéâtre de verdure avec en son milieu un stūpa de pierre d'environ deux fois la taille d'un homme. Les prêtres commencèrent à se séparer des étudiants qui formèrent un demi-cercle autour du stūpa. Leurs lanternes projetaient des reflets multicolores sur les pierres. *Où était passé Bakrish ?* Orne regarda autour de lui, et s'aperçut qu'il avait disparu. Qu'était-il censé faire ici ? En quoi cela pouvait-il être une manifestation de piété ?

Un prêtre barbu se détacha du stūpa et vint se placer devant le monument. Il portait une robe noire et était coiffé d'un tricorne rouge. Ses yeux brillaient dans la lumière des lanternes. Les étudiants se turent.

Orne, debout dans le cercle extérieur, se demandait en quoi tout cela pouvait bien constituer les éléments d'une épreuve. Qu'allaient-ils faire ?

Le prêtre à la robe noire ouvrit largement les bras, puis les abaissa. Il prit la parole d'une voix basse et pleine d'écho :

— Vous êtes devant l'autel de la Pureté et de la

Loi. Ce sont les deux aspects inséparables de toute vraie croyance. La Pureté et la Loi ! Ici se trouve la clé du Grand Mystère qui ouvre sur le paradis.

Orne sentit la tension provoquée par l'avertissement prescient, puis soudain l'impact d'une gigantesque vague de force psi. Mais cette force était différente de celle qu'il avait déjà éprouvée. Elle battait comme un métronome, en cadence avec les paroles du prêtre barbu, s'épanouissant et s'amplifiant au fur et à mesure que la passion de son discours augmentait.

Orne se concentra sur les mots : « ... l'immortelle bonté et la pureté de tous les grands prohètes ! Le souffle de l'éternité offert pour notre salut ! Conçues dans la pureté, nées dans la pureté, leurs pensées baignent éternellement dans la pureté ! Inviolés par la vile nature, sous tous leurs aspects, ils nous montrent le chemin ! »

Avec un choc brutal, Orne comprit que cette force psi qui l'entourait ne provenait pas de quelque machine, mais d'un enchevêtrement d'émotions s'élevant de la masse des auditeurs. Il en sentait le contenu émotionnel, les subtiles harmonies mêlées au champ psi. Le prêtre barbu jouait avec son auditoire comme un musicien de son instrument.

— Ayez foi en la vérité éternelle de ce dogme divin ! s'écria le prêtre.

Une odeur d'encens assaillit les narines d'Orne. Un organiste invisible plaqua les accords graves, une mélodie pleine de passages tonnants et tonitruants qui s'élevait derrière les paroles du prêtre, mais sans jamais les couvrir.

Orne vit un frère servant contourner le cercle des étudiants et se diriger vers la droite, où les prêtres agitaient leurs encensoirs. Des volutes de fumée bleutée dérivaient, fantomatiques, au-dessus des auditeurs. Le prêtre se tut et une cloche sonna à une cadence accélérée. Elle tinta sept fois.

Comme hypnotisé, Orne englobait toute la scène,

et une pensée le traversa : « Les émotions de masse agissent comme une force psi ! Quel est donc ce pouvoir ? »

Le prêtre devant le stūpa leva les bras, poings serrés, et s'écria :

— Le paradis éternel pour tous les vrais croyants ! La damnation éternelle pour tous les incroyants !

Puis, d'une voix plus basse :

— Vous qui cherchez la vérité éternelle, agenouillez-vous et attendez la lumière. Priez pour que le voile se lève de vos yeux. Priez pour la pureté qui apporte la divine compréhension. Priez pour votre salut. Priez pour que l'Etre suprême vous accorde sa bénédiction.

Un murmure, le froissement des robes... les étudiants tombèrent à genoux tout autour d'Orne. Mais lui resta debout, tout son être figé dans sa découverte : « Des émotions de masse produisent une force psi ! » Il se sentait grandi, purifié, au bord d'une éclatante révélation. Il aurait voulu appeler Bakrish, hurler sa découverte.

Un murmure de colère agita la mer des étudiants agenouillés, n'attirant que partiellement l'attention d'Orne. Des regards de protestation étaient fixés sur lui. Le murmure s'enfla.

L'avertissement prescient gronda en Orne. Il sortit de sa rêverie pour reconnaître le danger qui l'entourait.

A l'autre bout de la foule agenouillée, un étudiant leva un bras, pointé sur Orne :

— Et lui ? C'est un étudiant ! Pourquoi n'est-il pas à genoux, comme nous ?

Orne fouilla les environs du regard. Où était Bakrish ? Quelqu'un tira le bas de sa robe, voulant l'amener à s'agenouiller, mais Orne se dégagea. La piste était juste derrière lui, passant par le taillis.

Dans la foule, un étudiant hurla :

— Incroyant !

Orne en sentit toute la force, comme un filet psi

jeté sur lui, emprisonnant sa conscience, bloquant sa raison.

D'autres reprirent le mot en une monotone litanie :

— Incroyant ! Incroyant ! Incroyant !...

Orne fit un pas en arrière vers le taillis, transpercé par la peur. La tension de la foule était un fait tangible, une mèche qui fusait, progressait en fumant vers une massive explosion.

Le prêtre barbu leva les yeux sur Orne, son visage sombre tordu par les lueurs kaléidoscopiques des torches brandies par les étudiants. L'amphithéâtre prit pour Orne l'allure d'une scène de cauchemar, d'un lieu démoniaque. Il s'aperçut qu'il portait toujours sa propre lanterne, l'agitant comme un fanal. Ses rayons révélaient le début du sentier qui plongeait ensuite dans les ténèbres.

Soudain, le prêtre à la coiffe rouge hurla une phrase qui s'acheva dans un cri démentiel :

— Qu'on m'apporte la tête de ce blasphémateur !

Orne lança sa perche comme une lance en direction des étudiants qui bondissaient sur leurs pieds avec un rugissement. Il pivota et s'enfuit le long de la piste, poursuivi par le tonnerre des hurlements hystériques.

Lorsque ses yeux se furent accoutumés à la faible clarté des étoiles, Orne put distinguer le sentier devant lui, une trace sombre qui s'enfonçait dans le noir. Il abandonna toute précaution et courut de toutes ses forces. Le cri furieux de ses poursuivants éclata dans la nuit. La piste s'incurvait à gauche ; plus sombre encore, une masse se dressait à la sortie du virage. « Un bois ? » Les branches fouettèrent son visage.

Le chemin plongea, se tordit à droite, puis à gauche. Orne buta sur une racine, faillit tomber. Sa robe se prit dans un buisson et il perdit de précieuses secondes à la dégager. Le groupe lancé sur ses traces formait un amas rugissant de lumières ondulantes, toutes proches. Il bondit à droite de la piste et dévala la colline, suivant une ligne d'arbres. Sa robe s'accrocha à un taillis. Il se débattit avec le cordon et abandonna le vêtement derrière lui.

Quelqu'un au-dessus de lui hurla :

— Je l'entends ! Là, en bas !

Les poursuivants s'arrêtèrent brutalement et firent silence, une seconde. Les craquements de la fuite d'Orne couvrirent tous les autres bruits.

— Il est là ! Juste en bas !

Ils étaient derrière lui. Il les entendait se frayer leur chemin à travers les buissons et les arbres, il entendait leurs jurons, leurs cris.

— C'est sa robe ! J'ai sa robe !

— Je veux sa tête ! hurla l'un d'eux. Arrachez-lui la tête !

Orne se baissa pour éviter une branche, se retrouva à quatre pattes, dévala une butte, bondit au-dessus du sentier, fendit un taillis. Il avait froid et se sentait vulnérable avec pour tous vêtements ses sandales et le léger short qu'il portait sous sa robe. Les branches lui griffaient la peau. Il entendait la horde, l'avalanche humaine sur la colline au-dessus de lui... des jurons, des bruits d'étoffe qui se déchire, des coups sourds. Les lumières ondulaient. Des silhouettes fantomatiques apparaissaient, pour disparaître aussitôt dans les ténèbres.

A nouveau, Orne découvrit un sentier. Il descendait la colline, sur sa droite. Il l'emprunta, haletant, trébuchant. Ses jambes étaient douloureuses. Un étau de fer comprimait sa poitrine. Il avait un point de côté. La piste l'entraîna dans les plus noires des ténèbres et il la perdit. Il leva les yeux, vit la cime des arbres se découper contre le ciel étoilé.

Une clameur confuse s'éleva du groupe de ses poursuivants.

Orne s'arrêta, appuyé contre un arbre pour écouter.

— Vous, allez par là ! hurla une voix. Les autres, suivez-moi !

Orne cherchait désespérément à reprendre son souffle. Traqué comme un animal pour avoir, un instant, abandonné sa prudence ! Il se rappela les paroles de Bakrish : « La prudence est sœur de la peur... »

Presque à la verticale d'Orne, et à moins de quinze mètres, quelqu'un cria :

— Vous l'entendez ?

Sur la gauche, une voix répondit dans un rugissement :

— Non !

Orne s'éloigna de l'appui régénérateur de l'arbre et se mit à ramper vers le pied de la colline, progressant avec prudence, tâtant chaque pouce de terrain. Il entendit courir au-dessus de lui, puis un martèlement de pas sur sa droite. Le son s'évanouit. Des cris confus, le silence, puis de nouveaux cris qui s'élevèrent, à mi-pente de la colline, sur la gauche. Ils s'éteignirent à leur tour.

Toujours rampant, toujours explorant chaque centimètre carré de terrain, Orne se fondit dans les ténèbres régnant sous les arbres. Il dut se plaquer au sol pour laisser passer, en dessous de lui, cinq silhouettes qui couraient. Lorsqu'elles eurent disparu, il reprit sa progression le long d'une nouvelle boucle du sentier. La blessure de son bras palpitait, et il s'aperçut qu'il avait perdu son pansement. La douleur lui rappela la sensation de démangeaison qu'il avait éprouvée pendant qu'il avait été ligoté dans le fauteuil de Bakrish. *Cette démangeaison avait ressemblé à celle d'une blessure en train de se cicatriser..., mais* avant *la blessure.*

Orne sentit qu'il venait de découvrir un nouvel indice concernant Amel, mais sa signification lui échappait.

Sa fuite prit un rythme presque fluide : sous les buissons, éviter les feuilles, les rameaux, s'élancer vers les endroits les plus sombres, là où les arbres masquaient les étoiles. Mais la forêt s'éclaircissait, les taillis s'espaçaient. Il sentit de l'herbe sous ses pieds et comprit qu'il avait franchi les derniers méandres menant à la zone du parc. Sur sa droite, des fenêtres éclairées luisaient faiblement. Il y avait un mur. Orne s'accroupit, s'efforçant de calmer ses tremblements.

Bakrish avait dit que le Prieur n'était pas loin.

En pensant au Prieur, Orne sentit le creux qui le rongeait se relâcher un instant, puis réapparaître, plus fort. Qu'est-ce que cela pouvait bien signifier? se demanda-t-il. En sécurité... mais en danger? Il éprouva le désir impérieux de trouver le Prieur, d'arracher la vérité au chef incontesté de tout Amel.

« Pourquoi se soucier des échelons intermédiaires? Où était Bakrish lorsque j'ai eu besoin de lui? Est-ce ainsi qu'opère un agent de l'I.N. ? »

Orne sentit qu'il venait de se libérer d'un cauchemar. « Le dogme et la cérémonie! Quelles absurdités! Cela n'a aucun sens! »

Un sourire de carnassier éclaira le visage d'Orne, qui se dit : « Je me déclare moi-même vainqueur de cette épreuve! C'est fini. J'ai passé les tests! »

Un bruit de pas résonna dans une allée, sur sa gauche.

Orne se glissa derrière un arbre, pencha la tête. A la faible lueur des étoiles, filtrée par le feuillage des arbres clairsemés, il distingua la forme d'un prêtre vêtu de blanc qui se dirigeait droit sur l'arbre qui le cachait. Orne s'aplatit contre le tronc, attendit. Des oiseaux agitaient les branches, faisaient bruire des feuilles au-dessus de sa tête. Un parfum de fleurs nocturnes monta vers lui. Les pas s'approchèrent, arrivèrent à sa hauteur, le dépassèrent.

Orne se glissa hors de la protection de l'arbre. Quatre longues enjambées sur l'herbe tendre à côté de l'allée, une main tendue qui se pose sur la nuque du prêtre..., pression sur un nerf. L'homme ouvrit la bouche, se détendit et s'effondra dans les bras d'Orne.

L'envie, le désir et l'ambition limitent l'homme à l'Univers de Māyā. Et quel est cet Univers ? Il n'est que la projection de son envie, de son désir et de son ambition.

NOAH ARKWRIGHT.
(La Sagesse d'Amel.)

— Quelle folie ! s'écria le Prieur. Vous avez délibérément demandé à votre ami de lancer la foule après lui, alors que je l'avais expressément interdit. Ahhhh ! Macrithy...

Macrithy se tenait, épaules voûtées, dans le bureau du Prieur. Ce dernier, assis en lotus sur une table basse, faisait face au prêtre. Deux doigts levés en position d'antennes, genoux écartés, le Prieur fixait Macrithy des yeux.

— Je ne pensais qu'à vous ! protesta Macrithy.

— Vous ne pensiez pas du tout ! (Le jugement du Prieur, sous son calme apparent, était sans appel.) Vous ne pensiez pas aux êtres humains transformés en populace assoiffée de sang. Orne aurait pu les expédier en enfer pour l'éternité. Et il pourra encore le faire lorsqu'il parviendra à la plénitude de ses pouvoirs.

— Je suis venu vous prévenir dès que j'ai appris qu'il s'était échappé, dit Macrithy.

— Et de quelle utilité est cet avertissement? demanda le Prieur. Ahhhh! mon cher ami, comment avez-vous pu tomber à ce point dans l'erreur? Voyez-vous, ce qui arrive maintenant n'est que la conséquence, aisément prévisible, de toutes vos actions. Je ne peux qu'en déduire que la situation présente est telle que vous l'avez en fait voulue.

— Oh! non! s'exclama Macrithy, horrifié.

— Lorsque la parole et l'acte sont en contradiction, fiez-vous à l'acte, déclara le Prieur. Pourquoi voulez-vous nous détruire, Macrithy?

— Je ne le veux pas! Non, non!

Macrithy se recula en faisant des gestes de dénégation. Son dos heurta le mur.

— Mais c'est ce que vous faites, fit le Prieur d'un ton affligé. C'est peut-être parce que j'ai désigné Bakrish pour prendre Orne en charge, et non vous. Je sais que c'est une mission que vous souhaitiez. Mais cela ne se pouvait pas, mon ami. Vous auriez cherché à détruire Orne... et vous-même. Je ne pouvais le permettre.

Macrithy enfouit son visage dans ses mains.

— Il nous détruira tous, dit-il dans un sanglot.

— Priez pour qu'il n'en soit rien, fit le Prieur d'une voix douce. Pensez à lui avec amour et sollicitude. Peut-être ainsi parviendra-t-il à un bienheureux éveil.

— A quoi pourrait servir l'amour, à présent? demanda Macrithy. C'est vous qu'il cherche!

— Mais bien entendu, murmura le Prieur. Parce que je l'ai appelé. Maintenant, chassez votre violence, Macrithy. Priez pour votre salut. Priez pour la purification de votre esprit. Et je prierai moi aussi pour cela.

Macrithy secoua plusieurs fois sa tête ronde.

— Il est trop tard pour la prière.

— Entendre cela dans *votre* bouche ! déplora le Prieur.

— Pardonnez-moi, pardonnez-moi, supplia Macrithy.

— Acceptez ma bénédiction et laissez-moi, dit le Prieur. Vous pouvez aussi demander au Dieu Orne de vous pardonner. Vous Lui avez peut-être fait beaucoup de mal.

Un usage matériel du pouvoir peut détruire un ange. Telle est la leçon de la paix. L'amour de la paix et la recherche de la paix ne sont pas suffisants. Il faut aussi aimer son prochain. C'est ainsi que l'on apprend le conflit dynamique et amoureux que l'on appelle la Vie.

NOAH ARKWRIGHT.
(La Sagesse d'Amel.)

Orne descendait une rue étroite au cœur du complexe religieux. Il longeait le mur, évitait la lumière, mais ses mouvements n'avaient rien de furtifs. La robe du prêtre était ample, un peu trop longue pour lui. Il resserra la cordelière de la robe, espérant que quelqu'un découvrirait sa victime... mais pas trop tôt. L'homme gisait sous un taillis du parc, ligoté et bâillonné avec des bandes d'étoffes déchirées dans ses popres sous-vêtements.

« Et maintenant trouver le Prieur », pensa Orne.

D'un pas normal, régulier, il franchit une ruelle.

Une âcre odeur de relents de cuisine se dégageait de l'étroit passage. Le claquement des sandales d'Orne se répercutait en un double écho contre les murs de pierre.

Une autre ruelle, violemment éclairée, prenait naissance juste devant lui. Orne entendit des voix. Il s'arrêta comme des ombres se dessinaient sur le sol pavé, près du croisement. Deux prêtres apparurent. Ils étaient minces , blonds, anodins. Tous deux se tournèrent vers Orne.

— Puisse votre dieu vous apporter la paix, dit Orne.

Les deux hommes firent halte, leurs visages à présent dans l'ombre, la lumière derrière eux. Celui de gauche dit :

— Je prie pour que vous suiviez le sentier de la divine conduite.

Et l'autre reprit :

— Si vous vivez d'intenses minutes, je prie pour que cela ne vous cause aucun souci.

Il toussa puis ajouta :

— Pouvons-nous vous être utiles ?

— J'ai été appelé chez le Prieur, dit Orne. Je crois m'être perdu en chemin.

Il attendit, attentif aux moindres mouvements des deux hommes.

— Ces ruelles forment un véritable labyrinthe, fit le prêtre de gauche. Mais vous n'êtes pas loin. (Il se tourna légèrement, profilant contre la lumière un long nez crochu.) Prenez la première sur votre droite, puis la troisième à gauche, une impasse qui débouche sur la cour de l'habitation du Prieur. Vous ne pouvez pas vous tromper.

— Je vous remercie infiniment, murmura Orne.

Le prêtre qui venait de lui donner ces indications se tourna vers Orne, déclarant : — Nous sentons votre grand pouvoir, saint homme. Accordez-nous votre bénédiction.

— Je vous bénis, fit Orne.

Et il était sincère.

Tous deux, brusquement, se raidirent, puis s'inclinèrent très bas. La tête toujours baissée, celui de droite demanda :

— Serez-vous le nouveau Prieur, saint homme ?

Orne combattit un sentiment de choc profond, puis déclara :

— Est-il sage de spéculer sur de tels sujets ?

Les deux prêtres se reculèrent, et d'une même voix dirent :

— Nous ne pensions pas à mal. Pardonnez-nous !

— Mais bien sûr, fit Orne. Merci de m'avoir indiqué le chemin.

— Un service rendu à son prochain est un service rendu à Dieu, firent-ils ensemble. Puissiez-vous trouver la sagesse.

Leurs voix sonnaient d'une façon curieusement semblable, l'une pourtant légèrement décalée par rapport à l'autre. Ils s'inclinèrent une nouvelle fois, passèrent rapidement devant Orne, puis poursuivirent leur route à grandes enjambées.

Orne les regarda s'éloigner, jusqu'à ce que les ténèbres les engloutissent. « Etrange, pensa-t-il. Que pouvaient bien signifier ces paroles ? »

Mais, à présent, il savait où trouver le Prieur

Ce n'est pas nécessairement une preuve d'amour que d'élever un mur autour de votre maître. Car comment peut-il alors observer ses serviteurs et veiller à ce qu'ils le servent sans arrière-pensée de récompense ? Non, mon fils, un mur est souvent œuvre de peur et réservoir à poussière.

Maximes des Prieurs.

La ruelle qui menait au Prieur était encore plus étroite que les autres. Orne s'y engagea, notant que, s'il tendait les deux bras, il pouvait toucher les deux murs opposés. Ils étaient faits de pierres brutes, illuminés par des globes à incandescence de conception ancienne, largement espacés et enjolivés de plastal noir. Au fond de la ruelle, luisait, grisâtre, une porte. L'air sentait la terre fraîchement retournée et l'humus. Le sol de plaston semblait poli par le frottement d'innombrables pieds.

La porte du Prieur était fermée à clé.

« Une porte fermée à clé ? pensa Orne. Et tout, sur Amel, ne serait que douceur et pureté ? »

Il se recula, leva les yeux vers le mur. A son faîte, de sombres irrégularités suggéraient la présence de piques ou de moyens de protection similaires.

Les réflexions d'Orne prirent un tour cynique : « Des installations aussi civilisées sur une planète aussi pacifique ! »

La violence régnait sur ce monde, une violence qui allait bien au-delà de celle d'une populace déchaînée. Des ruelles étroites étaient faciles à défendre. Des hommes qui savaient donner des ordres tranchants savaient aussi donner des ordres militaires. L'apparat de psi et la constante litanie de paix dissimulaient un souci de violence de masse.

« Un souci de guerre. »

Orne se retourna pour examiner la ruelle. Elle était toujours déserte. Il sentit en lui la pression de la peur. Une voie sans issue pouvait mener à une situation sans issue. Il aurait voulu fuir cet endroit aussi vite que ses jambes pouvaient le porter. Mais cette pensée ne diminua pas l'intensité du signal avertisseur qui l'habitait. Tous les endroits de cette planète étaient aussi dangereux les uns que les autres. Il n'y avait pas d'autre solution que de plonger au cœur du péril.

Orne prit une profonde inspiration, se dépouilla de sa robe, la lança vers le mur, puis tira. La robe glissa, s'accrocha. Il en éprouva la solidité, entendit un bruit de déchirure, mais le tissu résista. Il pesa de tout son poids. La bure se tendit, s'étira, mais resta fermement accrochée au sommet du mur.

Des raclements marquèrent son ascension. Il évita les piques acérées du faîte, s'accroupit pour examiner les alentours. En face de lui, émanant d'un bâtiment à un seul étage, brillait le rectangle rose pâle d'une fenêtre occultée par d'amples tentures. Orne regarda en bas, distingua un jardin, des rangées de grands pots contenant des plantes en fleur. Il reporta son attention vers la fenêtre éclairée du premier étage et ressentit un violent élancement de rejet.

Danger!

Une atmosphère tendue emplit le jardin.

Les ombres pouvaient dissimuler une armée de gardes, mais son subconscient lui soufflait que le danger rayonnait à partir d'une autre source.

Derrière cette fenêtre.

Orne libéra la robe, sauta dans le jardin et se tapit dans l'ombre, où il enfila à nouveau le vêtement. Refaisant le nœud de la cordelière, il s'avança dans le jardin, par la gauche, évitant les pots, blotti dans les ténèbres.

Des sarments de vigne tombaient d'un balcon sous la fenêtre éclairée. Orne en éprouva la solidité ; la tige lui resta entre les mains. Trop fragile. Il continua sa progression le long du mur de la maison. Un courant d'air effleura sa joue gauche. Il s'arrêta, scruta les ténèbres ; une tache plus noire : une porte ouverte.

Un avertissement parcourut ses terminaisons nerveuses. Il le repoussa et se glissa par la porte, débouchant sur une cage d'escalier.

La lumière jaillit !

Orne se figea, puis étouffa un éclat de rire en découvrant le faisceau électronique qui coupait le seuil de la porte. Il recula : obscurité. Il avança : la lumière, à nouveau.

L'escalier s'incurvait vers la gauche. Orne s'y engagea à pas feutrés ; il arriva à l'étage, devant une porte marquée d'une unique initiale dorée : *P.*

Le Prieur ?

La poignée de la porte était constituée d'une simple barre montée sur pivot. Pas de serrure à empreinte palmaire ou autres mécanismes. N'importe qui pouvait ouvrir cette porte. La gorge sèche, Orne posa la main sur la barre, appuya. Un bruit sec se fit entendre. Orne ouvrit la porte toute grande, se précipita à l'intérieur et la referma violemment derrière lui.

— Ahhhhhh ! je vous attendais.

C'était une voix d'homme, assez haut perchée, légèrement chevrotante.

Orne se tourna brusquement, aperçut un grand lit à baldaquin. Au fond du lit, telle une figurine noire, se tenait un homme en chemise de nuit blanche. Il était adossé à un amas de coussins ; son visage, étroit avec un long nez surplombant le précipice de la large bouche, lui parut familier. La tonsure du crâne, d'un brun lustré, luisait à la faible lueur d'un seul globe à incandescence situé à côté du lit.

La large bouche s'ouvrit et la voix de ténor, chevrotante, se manifesta à nouveau :

— Je suis le Prieur Halmyrach. Je vous souhaite la bienvenue et je vous bénis.

Une odeur de vétusté et de poussière régnait dans la pièce. Orne remarqua le léger tic-tac d'une pendule ancienne, quelque part dans l'ombre.

Il s'avança de deux pas en direction de la silhouette assise dans le lit. Son sens prescient augmenta la pression de l'avertissement. Il s'arrêta, ayant retrouvé qui lui rappelaient les traits du Prieur.

— Vous ressemblez à un homme que je connais sous le nom d'Emolirdo.

— C'est mon frère cadet, dit le Prieur. Persiste-t-il toujours à expliquer que son nom signifie Agonie ?

Orne acquiesça.

— Vous savez, c'est une vague tentative d'humour, précisa le Prieur. Il s'appelle en réalité Aggadah, ce qui fait référence aux lois et au Talmud. C'est un très vieux livre religieux.

— Vous avez dit que vous m'attendiez, fit Orne.

— Il est normal que j'attende ceux que j'ai appelés, dit le Prieur.

Son regard semblait transpercer Orne, le fouillant, le sondant. Il leva un bras squelettique en direction d'une simple chaise posée près du lit :

— Je vous en prie, asseyez-vous. Pardonnez-moi de vous recevoir ainsi, mais en ces dernières années je suis devenu jaloux de mon repos. Avez-vous trouvé mon frère en bonne santé la dernière fois que vous l'avez vu ?

— Oui, il paraissait se bien porter.

Orne se dirigea vers la chaise, s'interrogeant sur le Prieur. Quelque chose dans son allure frêle, décharnée, suggérait des pouvoirs qui allaient au-delà de tout ce qu'Orne avait jusqu'à présent rencontré. Des forces implaquables sommeillaient dans cette pièce. Il parcourut la chambre des yeux, vit de sombres objets accrochés aux murs, des formes étranges enchevêtrées — courbes et quadrilatères, pyramides, svastikas — disposées selon un symbole répétitif ayant l'apparence d'une aile d'ancre.

Le sol était froid et dur. Orne baissa les yeux et vit des carreaux noirs et blancs qui formaient de grands motifs pentagonaux, d'au moins un mètre de large. Des meubles en bois poli occupaient les coins d'ombre. Il identifia un bureau, une table basse, des chaises, une vidéothèque aux montants en forme de lyre.

— Avez-vous appelé vos gardes ? demanda Orne, reportant son attention sur le Prieur.

— Quel besoin aurais-je de gardes ? répliqua ce dernier. C'est lorsqu'une chose est gardée que se crée le besoin de gardes.

Le bras squelettique renouvela son geste, désignant la chaise.

— Je vous en prie, prenez place. Je me sens gêné de vous voir debout.

Orne étudia le siège. C'était un meuble fusiforme, démuni de bras pouvant receler des pièges cachés.

— C'est une simple chaise, fit le Prieur.

Orne s'assit lentement, comme un homme entrant dans de l'eau glacée, muscles bandés, prêt à bondir. Rien n'arriva.

Le Prieur sourit.

— Vous voyez ?

Orne se passa la langue sur les lèvres. L'air de la pièce le dérangeait. Il semblait à ses poumons d'une composition déficiente. Il y avait en ce lieu quelque chose de tout à fait anormal. Rien ne se déroulait comme il l'avait imaginé, mais, en y réfléchissant, il n'arrivait pas à se figurer comment il avait imaginé cette rencontre. Pourtant, quelque chose n'allait pas, pas du tout.

— Vous avez traversé de très pénibles moments, dit le Prieur. C'était nécessaire, pour la plus grande partie, mais, je vous en prie, acceptez toute ma sympathie. Je me souviens très bien comment ce fut pour moi.

— Oh ? Vous aussi êtes venu ici pour faire des découvertes ?

— En un certain sens, répondit le Prieur. Et dans un sens certain.

— Pourquoi essayez-vous d'abattre l'I.N. ? lâcha Orne. C'est cela que je veux découvrir.

— Un défi n'implique pas nécessairement la volonté de détruire, répliqua le Prieur. Avez-vous déchiffré l'intention qui se cachait derrière votre épreuve ? Savez-vous pourquoi vous avez coopéré avec nous au cours de ces tests périlleux ?

Les grands yeux, bruns et brillants, fixaient Orne avec innocence.

— Qu'aurais-je pu faire d'autre ?

— Beaucoup de choses, comme vous l'avez prouvé.

— Très bien... Disons que j'étais curieux.

— Mais de quoi ?

Orne sentit un courant s'accélérer en lui et il baissa les yeux. Cette réaction l'amena à se poser cette question : « Qu'est-ce que je cherche à cacher ? »

Le Prieur reprit la parole :

— Etes-vous honnête avec vous-même ?

Orne déglutit. Il avait l'impression d'être un petit

garçon appelé au tableau par son professeur. Il répondit en balbutiant :

— J'essaie de l'être. Je... je suppose que j'ai continué parce que je croyais que vous pourriez m'apprendre sur moi-même des choses qui... que je ne savais pas encore.

— Fantastique, souffla le Prieur. Mais vous êtes un produit de la civilisation Marakian qui...

— Et de la civilisation Nathian, le coupa Orne.

— Assurément, fit le Prieur. Et cette civilisation se vante de posséder de nombreuses techniques permettant à l'homme de se connaître soi-même, reconditionnement, ressources microchirurgicales des plus sophistiquées, application forcée de bains aculturels. Comment pourrait-il encore se trouver quelque chose vous concernant vous-même que vous auriez besoin de savoir ?

— Je... je savais qu'il y avait encore quelque chose.

— Quoi ? Et comment le saviez-vous ?

— Il y a toujours quelque chose de plus que nous avons besoin de savoir. Ainsi vont les choses dans un univers infini.

— Vous faites preuve d'une rare perspicacité, approuva le Prieur. Mais n'avez-vous jamais été effrayé sans en connaître la raison précise ?

— Qui ne l'a pas été ?

— Effectivement, acquiesça le Prieur. Vos mots sont justes, mais je ne pense pas que vous agissiez en accord avec eux. Ahhh ! si seulement nous avions le temps de vous engager dans l'étude de la psychiatrie Thaumaturgique et des anciens Chrétiens.

— M'engager dans quelles études ?

— Les sciences mentales existaient bien avant les techniques développées par votre civilisation, expliqua le Prieur. La religion Christero conserve encore nombre de fragments de ces sciences. Vous prendriez grand intérêt à de telles études.

Orne secoua la tête. Les événements ne se déroulaient pas comme ils auraient dû le faire. Il restait sur la défensive, avait l'impression d'être manœuvré. Et, pourtant, il n'avait en face de lui qu'un humain décharné vêtu d'une ridicule chemise de nuit. *Non...*, corrigea Orne de lui-même. C'était bien plus que cela. L'aura de puissance qui se dégageait de ce lieu était impossible à ignorer.

Le Prieur demanda :

— Croyez-vous vraiment que vous êtes venu ici pour protéger votre précieuse I.N. ? Pour découvrir si nous étions en train de fomenter une guerre ?

— Ce doit être l'une des raisons.

— Et si vous découvrez que nous préparons vraiment une guerre ? Que ferez-vous ? Etes-vous le chirurgien chargé d'exciser la tumeur et de rendre ainsi la santé à la société ?

Orne sentit monter en lui une flamme de colère, qui s'éteignit aussi rapidement qu'elle était apparue. *La santé ?* Qu'était donc la santé ?

— Tout autour de nous, dit le Prieur, existent des forces d'ombre. De temps à autre, elles percent l'écorce des dimensions et se combinent en des formes assez tangibles pour que nous en ayons conscience. Et, en ce moment précis, vous avez vous-même conscience de l'existence de telles forces. Si nous les considérons sous l'aspect de la vie, certaines d'entre elles sont saines, d'autres malsaines. Il y a des voies qui permettent à la vie de parler à ces forces, mais nos communications ne produisent pas toujours les résultats escomptés.

Orne contempla le Prieur en silence, averti par le sens aïgu du vide qui l'habitait, qu'ils s'aventuraient sur des chemins périlleux. Il sentit gronder en lui des forces, des forces furieuses, terribles.

Le Prieur continua :

— Ne voyez-vous pas les rapports qu'ont entre eux les sujets dont nous avons jusqu'à présent discuté ?

— Je... (Orne s'interrompit, la gorge nouée.) Peut-être, finit-il par dire.

— Les éléments fondamentaux d'une société mécaniste et scientifique au degré suprême pèsent sur vous, Orne, et vous cantonnent dans un petit coin de son ordre des choses. Ce coin vous satisfait-il ?

— Vous savez bien que non.

— Il y a quelque chose en vous, fit le Prieur, que votre civilisation ne peut pas atteindre ; de même qu'il reste toujours quelque chose que votre I.N. ne peut pas atteindre.

Orne sentit son cœur se serrer, pensant à Gienah, à Hamal et à Sheleb.

— Parfois nous atteignons avec trop de forces...

— Bien sûr, acquiesça le Prieur. Mais la plus grande partie de l'iceberg est sous la mer. Ainsi en va-t-il pour Amel. Ainsi en va-t-il pour vous, pour l'I.N. et pour toutes les manifestations que nous sommes en mesure d'identifier.

A nouveau, Orne se sentit gagné par la colère.

— Ce ne sont que des mots ! s'écria-t-il. Rien que des mots !

Le Prieur ferma les yeux et soupira. Il parla d'une voix douce :

— Le Gourou Pasawan, qui a conduit les Ramakrishnanas à la Grande Unification que nous appelons maintenant la Trêve Œcuménique, enseigna la divinité de l'âme, l'unité de toute existence, l'unicité du Dieu, l'harmonie de toutes les religions, le flot inexorable de l'existence...

— J'en ai assez des verbiages religieux ! aboya Orne. Vous oubliez une chose : je suis passé par plusieurs de vos machines, et je sais comment vous manipulez le...

— Considérez tout cela comme une leçon d'histoire, murmura le Prieur, ouvrant ses yeux brillants pour les fixer sur Orne.

Orne se tut, confondu par son propre éclat émotionnel. Pourquoi se comportait-il ainsi ? Quelles pressions se dissimulaient ici ?

— La découverte et l'interprétation de psi tendent à confirmer la philosophie du Gourou Pasawan, affirma le Prieur. Jusqu'à présent, nos postulats restent inattaquables.

— Oh ?

Et Orne s'interrogea ; le Prieur n'allait tout de même pas se lancer dans une démonstration scientifique du bien-fondé de la religion !

— L'humanité tout entière, agissant ensemble, représente une puissante force psi, un système d'énergie. Les mots, expressions temporaires, sont sans importance, car le fait observable demeure constant. Parfois nous appelons cette force *religion*, et parfois nous la revêtons d'une convergence d'action indépendante que nous appelons Dieu.

— Un foyer psi ! s'écria Orne. Emolirdo avait laissé entendre que je pourrais être..., euh, enfin, il a dit qu'il se pourrait que je sois...

— Un dieu ? demanda le Prieur.

Orne vit les mains du vieil homme trembler comme des feuilles sur le couvre-lit. Sa peur presciente avait disparu, mais il n'aimait pas davantage le flot de forces intérieures qui bouillonnait encore en lui.

— C'est ce qu'il a affirmé, acquiesça Orne.

— Nous avons appris, dit le Prieur, qu'un dieu sans discipline subit, dans notre dimension, un sort identique à celui d'un simple humain confronté aux mêmes circonstances. Il est fort dommage que l'humanité ait toujours été si attirée par les absolus, même en ce qui concerne ses dieux.

Orne se remémora son expérience avec Bakrish sur la colline, la foule en colère, les forces psi s'élevant de cette masse d'humanité.

— Vous parlez d'éternité, d'absolus, avec une certaine faconde, dit le Prieur. Tournons-nous plutôt vers l'existence finie. Considérons un système fini dans lequel un *être* donné — et même un dieu —

pourrait écumer toutes les allées de la connaissance et saurait tout ce qui s'y trouve.

Orne comprit l'image contenue dans les paroles du Prieur, et il s'écria :

— Ce serait pire que la mort !

— Un ennui indicible, mortel, pèserait sur cet être, acquiesça le Prieur. Le futur serait une éternelle répétition, le même disque joué et rejoué sans cesse. Ce serait, comme vous l'avez dit, d'un ennui pire que le néant.

— Mais l'ennui est une forme de stase, affirma Orne, et qui pourrait s'effondrer à un moment donné pour se désintégrer dans le chaos.

— Et où se situe notre existence à nous, pauvres créatures finies ? demanda le Prieur.

— Elle est cernée par le chaos.

— Plongée en lui, corrigea le Prieur, battant des paupières. Nous vivons dans un système infini où tout peut arriver, un lieu de changement constant. C'est notre seul absolu : les choses changent.

— Si tout peut arriver, fit Orne, votre être hypothétique risquerait d'être anéanti. Même un dieu ?

— Un prix plutôt élevé à payer pour échapper à l'ennui, n'est-ce pas ?

— Ce ne peut être aussi simple, protesta Orne.

— Et ce ne l'est probablement pas. Il existe en nous une *autre* conscience qui nie l'extinction. On a appelé cela inconscient collectif, *paramatman*, *Urgrund*, Sanatana Dharma, surconscient, *ober palliat*. Et de bien d'autres façons encore.

— Encore des mots, se récria Orne. Le fait qu'il existe un nom pour désigner une chose ne signifie pas que cette chose existe.

— Très bien, approuva le Prieur. Vous ne confondez pas raisonnement clair avec raisonnement correct. Vous êtes un empiriste. Connaissez-vous la légende de Thomas l'Incrédule ?

— Non.

— Ahhhh ! fit le Prieur. Alors, un simple mortel peut donc apprendre quelque chose à un dieu ? Thomas est l'un de mes personnages favoris. Il refusait de se fier aveuglément aux faits cruciaux.

— Un sage, me semble-t-il.

— Je l'ai toujours considéré ainsi, approuva le Prieur. Il s'interrogeait, mais il n'a pas poussé assez loin son interrogation. Thomas n'a jamais demandé qui les dieux adoraient.

Orne sentit son être intérieur pivoter, effectuer une lente révolution. Il sentit les forces se mettre en place, concepts, ordre, chaos, relations nouvelles. Ce fut une explosion de conscience, une lumière éclatante qui illumina l'infini pour lui seul.

Lorsque cette impression fut passée, Orne déclara :

— Vous n'avez pas instruit Mahmud.

— Non, nous ne l'avons pas fait, admit le Prieur d'une voix basse et triste. Mahmud nous a échappé. Nous pouvons engendrer des dieux..., des prophètes, mais nous n'avons pas toujours de saines relations avec eux. Lorsqu'ils nous désignent les chemins de la dégénérescence et de l'échec, il se peut que nous n'écoutions pas. Lorsque, dans notre aveuglement, ils nous ouvrent la voie, des voiles tombent devant nos yeux. Les résultats sont toujours identiques.

Orne prit la parole, entendant sa propre voix se répercuter comme un écho sans fin dans la chambre du Prieur :

— Et, même lorsque vous suivez la *voie*, vous n'atteignez qu'à un ordre temporaire. Vous grimpez vers le pouvoir et retombez pour vous briser en éclats de détails.

Une lueur intérieure éclaira les yeux du Prieur qui murmura :

— Je vous en conjure, Orne : avez-vous une idée du nombre de pauvres innocents torturés et mutilés au nom de la religion au cours de notre sanglante histoire ?

— Le nombre est sans signification, répondit Orne.

— Pourquoi les religions tournent-elles à la barbarie ?

— Savez-vous ce qui m'est arrivé ici cette nuit ? demanda Orne.

— Je l'ai appris quelques minutes après que vous ayez réussi à vous échapper, répondit le Prieur. Je vous prie de ne pas montrer de colère. Souvenez-vous que je suis celui qui vous a appelé.

Orne regarda le Prieur, ne voyant pas son corps mais seulement les forces qui convergaient vers lui comme si elles entraient à flots par la déchirure d'un rideau noir.

— Vous vouliez que je fasse l'expérience, que j'apprenne quelle énergie explosive résidait au sein de la religion, dit-il. C'est vrai, un mortel *peut* instruire un dieu. (Il hésita.) Ou un prophète. Je suis content de vous, Prieur Halmyrach.

Des larmes jaillirent des yeux du Prieur. Il demanda :

— Qui êtes-vous, Orne : dieu ou prophète ?

Orne fit taire sa perception sensorielle, étudia cette nouvelle relation, puis déclara :

— L'un ou l'autre, ou bien les deux... ou encore aucun des deux. Nous avons le choix. Je relève votre défi : je ne vais pas créer une religion sauvage de plus.

— Alors, qu'allez-vous faire ? souffla le Prieur.

Orne se tourna, leva le bras. Une langue de feu, vivante, se matérialisa à environ deux mètres de sa main tendue. Il dirigea la pointe de l'épée flamboyante vers la tête du Prieur, et vit luire la peur dans les yeux fatigués.

— Qu'est-il arrivé au premier humain qui dompta cette forme d'énergie ? demanda Orne.

— Il fut brûlé vif pour sorcellerie, répondit le Prieur d'une voix cassée. Il n'avait pas su dominer cette force après l'avoir appelée à la vie.

— Il est donc dangereux de faire naître une force sans pouvoir la maîtriser, dit Orne. Savez-vous comment on appelait cette force ?

— Une salamandre, murmura le Prieur.

— Les hommes croyaient que c'était un démon animé d'une vie propre, dit Orne. Mais vous, vous en savez plus, n'est-ce pas, Révérend Prieur ?

— C'est de l'énergie pure, souffla le vieil homme. Sa respiration se fit sifflante et il se radossa à ses coussins.

Orne nota cette défaillance et insuffla au Prieur un complément d'énergie.

— Merci, fit ce dernier. J'oublie parfois mon âge, mais lui ne m'oublie jamais.

— Vous m'avez obligé à accepter les choses que je pouvais déjà faire, dit Orne. Je doutais de l'existence d'une conscience supérieure qui peut parfois se manifester chez les hommes, les dieux, les prophètes et les machines. Mais vous m'avez fait passer l'épreuve de la foi et m'avez contraint à avoir foi en moi-même.

— C'est ainsi que les dieux sont fabriqués, risqua le Prieur.

Orne se souvint de son cauchemar passé : « Les dieux sont fabriqués, pas engendrés. » Puis il déclara :

— Vous auriez dû écouter Thomas. Les dieux adorent réellement. J'ai appelé Mahmud et Mahmud n'était pas de votre fabrication. J'ai causé douleur et souffrance. Dans un univers infini, un dieu peut haïr.

Le vieil homme se cacha le visage dans ses mains et se lamenta :

— Ohhhhh ! Qu'avons-nous fait ? Qu'avons-nous fait ?

— Il faut répondre à psi par psi, affirma Orne.

Par un acte de simple volonté, Orne se projeta dans l'espace et dans l'alternance des dimensions, trouva un endroit où les forces psi n'interféraient pas. Quelque part existait un énorme hurlement de nonbruit, mais Orne pouvait l'ignorer. La pensée de secondes ardentes s'égrena en lui.

LE TEMPS !

Il jongla avec les symboles comme avec des blocs d'énergie, manipula l'énergie comme des signes abstraits. *Temps et tension : tension égale source d'énergie. Energie plus opposition égale augmentation d'énergie. Pour renforcer une chose, il faut lui opposer son contraire. Augmentation d'énergie plus opposition/produit (temps/temps) produit de nouvelles identités.*

Orne, sans desserrer les lèvres, murmura au TEMPS :

« *Tu deviens le pire de ce que tu opposes.* »

LE TEMPS le lui révéla : le grand dégénéra en petit, le prêtre devint démon...

Quelque part, au-delà de lui, Orne sentait sourdre une énergie chaotique. Comme un profond néant parcouru de courants incessants. Il se vit au sommet d'une montagne, et un sommet de montagne se tenait sous lui. Il pressa ses paumes contre la terre vivante.

« Ainsi je prends forme », pensa-t-il.

Une voix lui parvint, jaillissant du pied de la montagne. Il était attiré vers le bas, tordu, déformé. Orne résista à cette distorsion. Puis il se laissa couler vers la voix.

— Béni soit Orne ; béni soit Orne...

Une insistante litanie habitait la voix du Prieur. Mais il y en avait d'autres, Diana, Stetson..., une multitude.

— Béni soit Orne.

Orne percevait avec des sens qu'il avait créés dans ce but, plongeait dans des dimensions de sa propre fabrication. Il sentait encore le flot du chaos, sachant que même cela pourrait ne pas le retenir. Il n'y avait qu'à créer le sens approprié, et les voiles se dissiperaient.

— Béni soit Orne, récitait le Prieur.

Orne éprouva une brusque sympathie pour le vieil

homme, reconnaissant la terreur superstitieuse. Cela ressemblait à la démonstration avortée d'Emolirdo : une ombre tridimensionnelle projetée dans un univers à deux dimensions. Le Prieur existait au sein d'une mince strate de temps. Et la vie projetait la matière du Prieur le long de cette étroite dimension.

Le Prieur rendait grâce à son Dieu Orne, et Orne répondit, descendant de sa montagne, effaçant l'adoration des multitudes et venant se reposer sous une forme physique, jambes croisées, assis au coin du lit.

— A nouveau, vous m'appelez, dit Orne.

— Vous n'avez pas fait votre choix. Dieu, prophète... ou autre ?

— C'est intéressant, déclara Orne. Vous existez au sein de ces dimensions, mais aussi à l'extérieur d'elles. J'ai vu briller vos pensées le temps d'une vie, et le voyage n'a duré qu'une seconde. Lorsque vous êtes menacé, votre conscience se retire dans le non-temps ; vous contraignez presque le temps à s'arrêter.

Le Prieur était toujours adossé à ses coussins, mais, à présent, ses mains étaient tendues dans une attitude de supplication.

— Je vous adjure de répondre à ma question, dit-il.

— Vous en connaissez déjà la réponse, affirma Orne.

— Moi ?

Les yeux du Prieur reflétèrent une intense surprise. Ses genoux tremblaient sous la courtepointe.

— Vous la connaissez depuis des milliers d'années, dit Orne. Je l'ai constaté. Avant que les hommes ne s'aventurent dans l'espace, certains d'entre eux considéraient l'univers selon le bon schéma et apprenaient à répondre à de telles questions. Ils l'appelaient *Māyā*. Leur langue était le sanscrit.

— Māyā, murmura le Prieur. Je projette ma conscience sur l'univers.

— La vie crée sa propre motivation, dit Orne. Nous projetons notre propre raison d'être. Et, toujours devant nous, le grand cataclysme et le grand éveil. Toujours devant nous, le temps brûlant d'où renaît le phénix. La foi que nous avons est la foi que nous créons.

— En quoi cela répond-il à ma question ? demanda le Prieur d'un ton suppliant.

— J'ai choisi ce que tout dieu choisirait, dit Orne.

Et il disparut de la chambre du Prieur.

Comme Orne l'a précisé, le prophète qui réveille les morts renvoie réellement le corps matériel dans un temps où il était vivant. L'homme qui va de planète en planète considère le temps comme une localisation spécifique ; sans le temps pour s'étirer à travers lui, il n'y a pas d'espace. Orne a créé notre univers comme une boule en expansion aux dimensions irrégulières. Ainsi, il a relevé mon défi et répondu à ma prière. Nous pouvons continuer à contempler notre univers à travers la grille de symboles que nous avons construite. Nous pouvons continuer à déchiffrer notre univers tel un vieil homme, le nez collé à la page.

Prieur HALMYRACH.
(Rapport confidentiel.)

Dans son bureau de Marak, Tyler Gemine, directeur du R.R., contemplait son visiteur au-dessus d'un immense bureau de bois noir qui dégageait une odeur de cire. Sur le bureau étaient posées une projection holographique de la famille de Gemine et une console de communications.

Derrière Gemine, une simul-fenêtre donnait sur les marches pyramidales du Centre Gouvernemental de Marak : des jardins en terrasse et des structures anguleuses qui brillaient à la lumière verte du soleil de midi. La silhouette du directeur se découpait contre la simul-fenêtre, ombre grasse et bienveillante, avec une bouche souriante et des yeux durs. Des rides profondes creusaient son front.

— J'aimerais que nous mettions cela au clair, Amiral Stetson, dit Gemine. Vous m'affirmez qu'Orne est apparu dans votre bureau, surgissant de nulle part ?

Stetson était affalé dans un fauteuil, face à Gemine, les yeux presque à la hauteur de la surface du bureau. Il nota avec intérêt que le bois ciré créait une illusion de vagues de chaleur qui dansaient au niveau de la poitrine de Gemine.

— C'est bien ce que j'ai dit, monsieur, fit Stetson.

— Vous voulez dire, comme ce type de Wessen ? Un truc psi ?

— Appelez cela comme vous voulez, monsieur : Orne s'est matérialisé du néant, m'a souri et délivré ce message.

— Je ne trouve pas cela flatteur, pas du tout, protesta Gemine.

Ses yeux durs transperçaient Stetson.

Ce dernier dissimula son amusement sous un masque soucieux.

— Eh bien, monsieur, beaucoup d'entre nous à l'I.N. sont à la recherche d'un travail, maintenant que vous nous avez absorbés.

— Je comprends cela, dit Gemine. (Son regard

était froid, calculateur.) Mais je suis froissé, profondément froissé par les allusions aux coupables erreurs qu'aurait pu commettre le R.R....

— Il y a eu cette déplorable affaire sur Hamal, monsieur, précisa Stetson. Sans parler de Gienah et de...

— Je ne suggère pas que nous soyons parfaits Amiral, dit Gemine. Mais nos positions actuelles sont parfaitement claires. Le vote émis par l'Assemblée est sans appel. L'I.N. n'existe plus et nous sommes...

— Rien n'est jamais définitif au sens strict du terme, l'interrompit Stetson. Vous feriez mieux de... euh... de vous pencher à nouveau sur ce qu'Orne dit dans ce message.

— Son message est suffisamment explicite, fit Gemine. Et je dois dire qu'il me semble assez farfelu de penser que je devrais croire cela sur parole et... je veux dire... vous ne trouvez pas qu'il commence à faire chaud ici ?

Gemine, d'une main tremblante, desserra le col de sa chemise.

Sans déplacer son corps massif, Stetson indiqua du doigt un point situé, juste au-dessus de l'oreille gauche de Gemine.

Le directeur du R.R. tourna la tête, et ses yeux s'écarquillèrent en apercevant une petite flamme dansant dans les airs. Une sensation de brûlure, de fourmillement lui parcourut la peau. Brusquement, la flamme s'enfla pour prendre la dimension d'une sphère de près d'un mètre de diamètre.

Gemine bondit sur ses pieds, renversa son fauteuil en se reculant. La chaleur frappa son visage.

— Et maintenant ? demanda Stetson.

Gemine se jeta à droite, et la sphère flamboyante bondit devant lui, lui coupant la retraite. Elle l'accula dans un coin.

— Très bien ! hurla Gemine. D'accord ! D'accord !

La flamme vacilla, s'amenuisa puis disparut.

— C'est ainsi qu'Orne explique, fit Stetson, qu'il n'y a aucun endroit de l'univers où la flamme n'a pas existé à un moment ou à un autre. Ce n'est qu'une question de dérive de l'espace et du temps afin que l'espace puisse coïncider avec un temps de feu. Maintenant que nous sommes parvenus à un accord, vous pouvez vous asseoir, monsieur. Je ne pense pas qu'il vienne à nouveau vous importuner, à moins que...

Gemine redressa son fauteuil et y prit place lourdement. La sueur ruisselait sur son visage. Il fixa Stetson des yeux avec une expression d'accablement, puis déclara :

— Mais vous aviez dit que je resterais à la tête du département !

Ce fut au tour de Stetson de se renfrogner.

— Ce foutu non-sens à propos de manches et de cognées !

— Quoi ?

— Il affirme que nous vivons dans un univers où tout peut arriver, ce qui signifie que même la guerre doit rester une possibilité, grogna Stetson. Vous avez lu le rapport ! Nous n'avons pas osé négliger le moindre point de son message.

Gemine jeta un regard terrifié au-dessus de son oreille gauche, puis revint à Stetson.

— Très bien.

Il toussota, se radossa et croisa ses mains devant lui.

Stetson prit la parole :

— Je serai donc attaché à votre service en tant qu'assistant spécial. Ma fonction consistera à faciliter l'absorption de l'I.N. au sein du... (Il hésita, déglutit.)... R.R.

— Oui..., bien sûr.

Gemine se pencha en avant, adoptant soudain des manières confidentielles :

— Vous avez une idée de l'endroit où Orne peut se trouver ?

— Il a dit qu'il partait en voyage de noces, grommela Stetson.

— Mais... (Gemine haussa les épaules.) Enfin... avec ses pouvoirs, avec les choses qu'il peut apparemment faire..., je veux dire, les trucs psi et tout ça...

— Je ne sais rien de plus que ce qu'il m'a dit, affirma Stetson. Il a dit qu'il partait en voyage de noces, précisant que c'était ce que ferait n'importe-quel humain normal et en bonne santé à un moment pareil.

Lorsque l'on est psi, on est psi pour toujours. Lorsque l'on est dieu, on peut choisir ce que l'on veut. Je m'incline devant vous, Révérend Prieur, devant votre bonté et votre instruction. Les humains sont à ce point conditionnés à considérer l'univers en termes de petits morceaux étiquetés qu'ils tendent à agir comme si l'univers était réellement composé de ces petits morceaux. La matrice au travers de laquelle nous percevons l'univers doit être une fonction directe de cet univers. Si nous déformons la matrice, nous ne changeons pas l'univers ; nous ne changeons que notre façon de le voir. Comme je l'ai dit à Stet, on peut comparer cela à l'usage de la drogue. Si vous imposez une chose, y compris la paix, vous aurez de plus en plus besoin de cette chose pour vous satisfaire. Avec la paix, nous nous trouvons devant un terrible paradoxe : vous avez également besoin du contraste de plus en plus fort de la violence. La paix vient à ceux qui ont développé le sens nécessaire à sa perception. Par reconnaissance envers cela, je tiendrai la promesse que je vous ai faite : l'humanité possède un compte illimité sur la Banque du Temps. Tout peut encore arriver.

LEWIS ORNE
au Prieur Halmyrach.

P.-S. — *Pourriez-vous faire enregistrer que je souhaiterais que cette inscription figure sur ma tombe :* Il a choisi l'infini par étapes finies. *Nous appellerons notre premier fils Hal et le laisserons trouver lui-même une plaisanterie sur la signification de son nom. Je suis persuadé qu'Ag l'y aidera.*

Amitiés,
LEWIS ORNE.

Achevé d'imprimer en octobre 1988
sur les presses de l'Imprimerie Bussière
à Saint-Amand (Cher)

PRESSES POCKET - 8, rue Garancière - 75285 Paris
Tél. : 46-34-12-80

N° d'imp. 6146.
Dépôt légal : octobre 1988.
Imprimé en France